GALOP D'ESSAI

Nouvelles

DU MÊME AUTEUR

AUX ÉDITIONS BELFOND

D'eau et de feu, 2013
BM Blues, 2012 (première édition, Denoël, 1993)
Serment d'automne, 2012
Dans les pas d'Ariane, 2011
Le Testament d'Ariane, 2011
Un soupçon d'interdit, 2010
D'espoir et de promesse, 2010
Mano a mano, 2009 (première édition, Denoël, 1991) ; Pocket, 2011
Sans regrets, 2009 ; Pocket, 2011
Dans le silence de l'aube, 2008
Une nouvelle vie, 2008 ; Pocket, 2010
Un cadeau inespéré, 2007 ; Pocket, 2008
Les Bois de Battandière, 2007 ; Pocket 2009
L'Inconnue de Peyrolles, 2006 ; Pocket, 2008
Berill ou la Passion en héritage, 2006 ; Pocket, 2007
Une passion fauve, 2005 ; Pocket, 2007
Rendez-vous à Kerloc'h, 2004 ; Pocket, 2006
Le Choix d'une femme libre, 2004 ; Pocket, 2005
Objet de toutes les convoitises, 2004 ; Pocket, 2006
Un été de canicule, 2003 ; Pocket, 2004
Les Années passion, 2003 ; Pocket, 2005
Un mariage d'amour, 2002 ; Pocket, 2004
L'Héritage de Clara, 2001 ; Pocket, 2003
Le Secret de Clara, 2001 ; Pocket, 2003
La Maison des Aravis, 2000 ; Pocket, 2002
L'Homme de leur vie, 2000 ; Pocket, 2002
Les Vendanges de Juillet, 1999, rééd. 2005 ; Pocket, 2009
(volume incluant *Les Vendanges de Juillet*, 1994, et *Juillet en hiver*, 1995)
Nom de jeune fille, 1999, rééd. 2007
L'Héritier des Beaulieu, 1998, rééd. 2003, 2013
Comme un frère, 1997, rééd. 2011
Les Sirènes de Saint-Malo, 1997, rééd. 1999, 2006
La Camarguaise, 1996, rééd. 2002

CHEZ D'AUTRES ÉDITEURS

Crinière au vent, éditions France Loisirs, 2000
Terre Indigo, TF1 éditions, 1996
Corrida. La fin des légendes, en collaboration avec Pierre Mialane, Denoël 1992
Sang et or, La Table ronde, 1991
De vagues herbes jaunes, Julliard, 1974
Les Soleils mouillés, Julliard, 1972

Vous pouvez consulter le site de l'auteur à l'adresse suivante :
www.francoise-bourdin.com

FRANÇOISE BOURDIN

présente

GALOP D'ESSAI

Nouvelles

belfond

Belfond | un département **place des éditeurs**

place
des
éditeurs

Note de l'éditeur

Désireuse de transmettre son goût de raconter des histoires qui nous ressemblent, Françoise Bourdin parraine dans ce recueil huit nouveaux talents. Huit auteurs en herbe, choisis par elle à l'issue d'un concours de nouvelles sur le thème du cheval. Pourquoi le cheval ? Parce que, si Françoise Bourdin est avant tout passionnée de littérature, elle aime aussi les sensations fortes que lui procurent les voitures, la vitesse, et surtout les chevaux. Elle aime à tel point les chevaux qu'avant d'emprunter pour de bon le chemin de l'écriture, croisé quand elle avait treize ans, elle avait entamé une carrière hippique, brillante et pleine de bonheurs, mais interrompue par un drame. Pas étonnant, donc, que l'amour des chevaux soit passé dans son œuvre et qu'il ait déjà nourri quatre de ses romans : *Comme un frère*, *Dans le silence de l'aube*, *La Camarguaise* et *Mano a mano*.

Afin de célébrer vingt ans d'étroite collaboration et de mettre en avant ce sujet de prédilection, Françoise

Bourdin et les éditions Belfond ont organisé avec le site d'auteurs WeLoveWords et sa directrice éditoriale, Sophie Blandinières, un grand concours d'écriture intitulé « Galop d'essai ». Voici donc huit nouvelles histoires qui nous ressemblent et où s'épanouissent des vocations. Huit voix auxquelles Françoise Bourdin a tenu à mêler la sienne, en ouvrant et refermant le recueil avec deux nouvelles inédites. Sa façon à elle d'accueillir, d'entourer les jeunes lauréats, et de se joindre à eux pour nous transmettre quelque chose de la relation si singulière qui lie l'homme au cheval.

Qu'elle en soit remerciée.

Hautain

Françoise Bourdin

Cette histoire est authentique dans ses moindres détails, et aujourd'hui je ne regrette pas de l'avoir vécue.

La première fois que je l'ai vu, il ne m'a pas plu. Cependant la décision ne m'appartenait pas, il ne m'était pas destiné, et, par malheur, ma fille l'a trouvé à son goût.

À vrai dire, Fabienne se sentait dans l'urgence, il lui *fallait* un cheval immédiatement, pour oublier la mort brutale de sa jument. Or, s'il y a bien une chose que je ne sais pas faire, dans mon rôle de parent responsable, c'est résister au chagrin de mes filles. Et Fabienne avait pleuré sa jument jusqu'au désespoir, hébétée par sa disparition.

Je crois que nous approchions de la fin de l'automne. Je me souviens de la carrière détrempée, des arbres dépouillés, des cris sinistres des corneilles lors de ce premier et unique essai. D'abord, nous avions observé le hongre de cinq ans dans son box, où il nous avait semblé agité, un peu sur la défensive. Ensuite, nous l'avions sellé et bridé, puis Fabienne était montée dessus, les mâchoires serrées, le casque vissé sur la tête.

Au premier coup d'œil, j'ai remarqué la disproportion entre la puissance du cheval et la silhouette vulnérable de ma fille. Certes, elle possédait un niveau d'équitation correct, assorti d'une volonté sans faille, mais à l'évidence ce serait insuffisant pour dominer cette machine de guerre. Car c'est bien ainsi qu'il m'est apparu : Hautain avait l'air d'un cheval de combat. Le rein court, le poitrail large, l'encolure forte, et une manière de frapper ses sabots qui en disait long sur son caractère.

Néanmoins, il galopait souplement sous le ciel plombé de novembre, avec une sorte de rage ou de frayeur contenue. Très vite, l'instructeur a installé quelques obstacles pour faire la démonstration des qualités de l'animal qu'il comptait nous vendre. Et, tandis qu'il expliquait l'enchaînement du parcours à Fabienne, Hautain jouait au cheval à bascule, pliant ses jarrets dans l'attitude préparatoire à l'une des pires défenses et qui consiste à cabrer. Toutefois, il n'allait pas au bout de sa révolte, il se contentait de l'annoncer.

D'une certaine manière, lorsqu'on va commettre une erreur, on le sait presque toujours. En tout cas, ce jour-là, je l'ai su. Les chevaux, je les connais depuis longtemps, entre eux et moi s'est tissée une très longue histoire au fil des décennies. Une histoire d'amour, d'exaltation et de larmes. Alors, même sans avoir le regard acéré d'un professionnel, je devine facilement à qui j'ai affaire, et je sais dans quelle catégorie ranger les chevaux, tout comme les cavalicrs. Avec Hautain, je l'ignorais.

Il sautait bien mais un peu trop vite, comme pressé d'en finir. À l'abord, il partait de loin, à la réception, il accélérait encore. Fabienne peinait à le retenir, elle en avait « plein les bras », n'importe qui pouvait constater qu'Hautain l'emmènerait où il voudrait.

— Formidable, non ? a dit l'instructeur, enthousiaste.

— Ce n'est pas un cheval pour elle, ai-je répondu.

Mine apitoyée du bonhomme qui me taxa d'emblée de mère trop protectrice. Or je faisais exactement le contraire avec mes filles, choisissant depuis toujours de les pousser en avant. Et j'y avais d'autant plus de mérite, concernant les chevaux, qu'ils m'avaient apporté leur lot de malheurs.

Afin d'appuyer sa démonstration, l'instructeur partit monter les barres, et dès qu'il eut le dos tourné, je m'adressai au jeune moniteur venu assister, lui aussi, à l'essai.

— Ce n'est pas un cheval pour elle, répétai-je avec conviction, espérant une réponse honnête.

— Eh bien, bredouilla-t-il, d'ici quelque temps, si elle le travaille bien cet hiver…

J'étais fixée : j'avais raison. Ce destrier aurait été parfait dans un tournoi, sous la selle d'un chevalier en armure, mais pour les compétitions que visait ma fille, cela revenait à vouloir piloter une Ferrari pour se rendre chez l'épicier du coin.

Au second passage, Hautain nous gratifia de quelques sauts de mouton inopinés que l'instructeur qualifia aussitôt de « mouvements de gaieté ». Résignée, j'attendis que ma fille ait mis pied à terre pour lui demander ce qu'elle pensait du cheval.

— Formidable, non ? fut sa réponse, prononcée d'une voix saccadée. Avec lui, tu ne sautes pas, tu voles !

Si elle cherchait des sensations, aucun doute, elle allait en trouver. Mais je devinais surtout ce que mon aînée avait dans la tête à cet instant précis : elle se lançait un défi à elle-même, sans imaginer jusqu'où cette gageure allait l'entraîner.

Le surlendemain, j'achetais Hautain. Je le fis avec réticence, m'obligeant à ignorer tous mes mauvais pressentiments et priant le ciel pour que le guerrier se révèle au bout du compte un gentil petit soldat.

Cet hiver-là, Fabienne prit la mesure de son erreur d'appréciation, mais elle montra beaucoup de courage en allant monter trois fois par semaine, la peur au ventre. Elle avait dix-neuf ans, suivait ses études de droit à Paris et venait en Normandie dès qu'elle le pouvait. Hautain était trop fort pour elle, trop violent, trop difficile, il en administra la preuve dès le premier concours hippique. Il s'agissait d'une épreuve simple, d'ailleurs accomplie sans faute, mais tandis que nous ramenions à pied le cheval au camion, nous nous aperçûmes que, même à deux, il était très difficile à tenir.

Les premiers temps, j'eus beau le surveiller comme le lait sur le feu, mon opinion sur lui ne progressa guère. On ne pouvait pas le traiter de cabochard, il n'était ni rétif ni vicieux, peut-être avait-il seulement peur de l'humain ; en tout cas, il n'était pas tranquille dans sa tête. Hautain, mais pas serein.

Jusqu'au printemps, Fabienne s'acharna à essayer de comprendre et, accessoirement, de dominer sa monture. Son équitation y gagnait, elle progressait, prenait de l'assiette et de l'assurance, tout ça au prix d'innombrables chutes, bien entendu. Mais, par-dessus tout, elle tentait de se faire un ami, un allié, un partenaire.

Avec le recul des années, j'ai acquis la certitude que Fabienne aurait pu y arriver si elle avait été la seule à monter et à soigner son cheval. Hélas, quatre jours par semaine, d'autres qu'elle détruisaient le travail de confiance qu'elle entreprenait tous les week-ends. Pour monter Hautain, il fallait être un cavalier confirmé, c'étaient donc des hommes très sûrs d'eux qui, à longueur de semaine, se confrontaient à ce cheval avec violence, aggravant ses peurs et ses défenses. Nous en arrivâmes au point où, pour le tondre quand son poil était vraiment trop long, il fallait d'abord lui administrer des piqûres de calmants.

Pourtant, un beau matin – ou peut-être le *pire* des matins –, Hautain s'abandonna enfin. Il accepta l'affection et la patience de Fabienne, il s'en remit à elle. Ce qui ne signifiait pas qu'il allait devenir un cheval facile, mais eut pour effet d'enchaîner définitivement le cœur de ma fille.

Certains de ceux qui se prétendent des professionnels du cheval ont oublié une notion pourtant fort bien décrite par les anciens écuyers : la confiance. Rien de valable ne s'obtient d'un animal par la contrainte, voire la brutalité. Avec Hautain, la brutalité était la pire des méthodes. Je l'ai vu une fois, sous la selle d'un moniteur, percuter délibérément du poitrail tous les obstacles d'un parcours car il avait décidé qu'il ne sauterait pas ce jour-là, et encore moins avec cette personne-là. En plus d'être caractériel, il était malin, réussissant à ouvrir la porte de son box pour s'échapper la nuit. Quand on le mettait au pré pour lui accorder une après-midi de détente, s'il décidait de rentrer, il sautait les barbelés, quitte à déchirer son encolure dessus. J'ai cessé de tenir le compte de tous les licols qu'il a cassés, et je me souviens de lui avoir souvent couru après, y compris sur les terrains de concours lorsqu'il s'était débarrassé de Fabienne dans un coin et galopait crinière au vent.

Bref, c'était un cheval à problèmes, des problèmes que Fabienne espérait résoudre.

Comme il sautait bien, il obtint avec ma fille quelques classements, des plaques et des flots, des tours d'honneur. Et l'instructeur décida qu'il était temps de changer de catégorie, de passer à des épreuves plus sérieuses. Une nouvelle erreur qui précipita le chaos.

Avec des obstacles plus hauts et des difficultés techniques plus importantes, les choses se compliquèrent inéluctablement. Hautain acceptait de faire plaisir à Fabienne, qui ne pesait rien sur son dos, mais il allait toujours beaucoup trop vite, accumulant les fautes avec indifférence. Il y eut bon nombre de chutes, de refus, de frayeurs. Pour y remédier, l'instructeur multipliait des « séances » punitives qui terrorisaient le cheval et lui donnaient le dégoût de ces barres multicolores qu'il devait sauter jusqu'à épuisement.

Si l'histoire prenait peu à peu une inquiétante tournure, je ne disposais d'aucun moyen pour intervenir. Fabienne avait vingt ans, elle *aimait* son cheval de manière aveugle et désespérée, elle songeait même à préparer le monitorat avec lui, bref, elle était persuadée que les choses pouvaient encore s'arranger. À la lettre, elle appliquait les proverbes que j'avais cru bon de lui ressasser durant son adolescence : *Rien ne résiste au travail. Quand on veut on peut. Aide-toi le ciel t'aidera.*

Cette année-là, elle se fractura le coccyx, puis, quelques mois plus tard, le poignet, car Hautain demeurait aussi violent qu'imprévisible. Autour de moi, la famille s'agitait, personne ne comprenait que je n'envoie pas « ce foutu cheval à la boucherie ». Comment l'aurais-je pu ? Ma fille était adulte et elle réussissait bien ses études. Qu'il pleuve ou qu'il gèle, elle allait monter avec un courage intact, et quand elle me parlait de Hautain, c'était sur le ton d'une passion farouche. Elle avait tellement investi sur lui ! Il était au centre de sa vie, il remplissait tout l'espace disponible, sans doute incarnait-il des rêves ou des émotions impossibles à partager et introuvables ailleurs.

Sur les terrains de jumping, Fabienne était parfois livide de terreur avant le départ, mais elle avait des étoiles dans les yeux à l'arrivée. Elle vivait quelque chose que j'étais peut-être la seule à pouvoir comprendre, cramponnée à la lice sans la quitter des yeux, fière d'elle ou furieuse contre elle, en tout cas ravagée d'angoisse.

Les mauvais jours devenant beaucoup plus fréquents que les bons, nous avons fini par prendre une décision radicale au printemps suivant, et nous avons changé de club hippique. Fabienne n'avait plus confiance en son instructeur, il était grand temps de mettre Hautain entre des mains plus douces.

Notre nouveau coach était une femme, cavalière de bonne réputation et habituée aux épreuves de haut niveau. En lui exposant les problèmes qui nous avaient conduites chez elle, je crus Hautain tiré d'affaire, et ma fille avec lui.

Ai-je précisé que Hautain était un beau cheval ? Si j'ai omis de le faire, c'est la preuve que je lui en veux encore de toutes les frayeurs qu'il m'a infligées. Donc, il était beau-cheval, le genre d'expression contractée en un seul mot, comme beau-gosse, et, bien que castré, il affichait des attitudes d'étalon.

Durant toute l'année qui suivit, Hautain ne fit aucun progrès notable car notre monitrice, après ne l'avoir monté qu'une seule fois, estima plus judicieux

– ou plus prudent – de dispenser ses conseils à pied. Sur les parcours, les résultats demeuraient très inégaux, ce qui n'avait guère d'importance après tout, puisque le but ultime était de *calmer* ce cheval.

Les matins de concours, Fabienne se levait à cinq heures pour aller embarquer Hautain dans le camion et s'assurer qu'il avait bien ses protections de transport, sa couverture, que rien ne manquait à son confort. Après une épreuve, et même si elle avait atterri à plat ventre dans la boue, elle était capable de courir chercher un seau d'eau à un kilomètre de là où elle se trouvait pour lui donner à boire. Elle avait toujours des pommes ou des carottes pour lui, des mots tendres, des gestes affectueux auxquels le cheval répondait par un instant d'abandon, enfin apaisé. Il mordillait la manche de son blouson, la poussait du chanfrein, tournait la tête pour la regarder. Ce qu'ils vivaient tous deux n'appartenait qu'à eux. Il faut avoir eu un animal et l'avoir beaucoup aimé pour entrevoir la force du lien qui unissait ma fille-têtue et son beau-cheval. Elle *refusait* d'échouer avec lui, alors que la partie était déjà quasiment perdue.

Avant une épreuve de concours hippique, les cavaliers détendent leurs chevaux en leur faisant sauter quelques obstacles d'échauffement au paddock. Avec Hautain, les paddocks tournaient souvent à la catastrophe. Je me souviens d'une après-midi où, n'ayant pas pu accompagner Fabienne car je devais faire une séance de signatures chez un libraire, ma fille cadette m'avait remplacée. Frédérique n'aime pas les chevaux, elle en a peur, mais elle comprenait la nécessité d'un soutien moral pour sa sœur. Comme elle était venue à plusieurs reprises me tenir compagnie sur tous ces terrains boueux de Normandie, elle finissait par avoir l'habitude d'entendre le coach hurler au paddock :

— Arrête-le !

C'était l'ordre qui revenait systématiquement, car Hautain n'en faisait qu'à sa tête et continuait à sauter trop vite, chargeant les barres à la façon d'un guerrier kamikaze. Mais, ce jour-là, Frédérique vit sa sœur tomber trois fois de suite au paddock, de plus en plus durement, Hautain ayant décidé qu'il s'arrêterait juste devant l'obstacle. Il arrivait comme une fusée et pilait à la dernière seconde. Affolée, impuissante, Frédérique m'a téléphoné en larmes, persuadée que sa sœur allait se tuer sous ses yeux. J'ai suggéré, sans grand espoir, que Fabienne déclare forfait et qu'elle remette le cheval dans le camion, mais elle a voulu prendre le départ, effectuant à l'évidence un très mauvais parcours.

Nous frôlions le drame, Hautain devenait dangereux pour de bon et je ne pouvais plus cautionner cette situation. Toute la famille bouillait de rage, il nous fallait sortir de l'impasse. Le salut parut venir d'un dresseur de chevaux qui se trouvait dans le Nord, du côté de Valenciennes. L'homme n'était ni un « murmureur » ni un charlatan, il possédait une grande expérience des chevaux rétifs, un calme légendaire, une patience infinie, et une bonne dose de sympathie pour Fabienne.

Une fois de plus, il fallut annoncer notre décision de quitter le centre équestre, et nous fûmes obligées de louer un van pour transporter Hautain jusqu'à sa nouvelle écurie, à deux cent cinquante kilomètres de là. Bien entendu, il ne voyageait pas très sagement, tapant les parois du camion et hennissant, mais nous arrivâmes à bon port, par une froide journée d'automne.

Après une longue conversation avec le dresseur, Hautain fut installé dans un box confortable, et malgré la fatigue du retour pour rapporter le camion en Normandie, je sentis renaître une lueur d'espoir.

Il y eut quelques semaines calmes. Puis le dresseur vint nous rendre visite, assez satisfait des progrès de Hautain. Il nous montra une vidéo du cheval sautant en liberté dans son manège, l'œil moins fou, le galop plus léger, et il encouragea Fabienne à venir le monter de nouveau afin de reprendre confiance. Durant plusieurs mois, elle passa donc la plupart de ses week-ends dans le Nord, revenant avec des sensations mitigées. Certes, son cheval se comportait mieux que par le passé, cependant les choses étaient loin d'être parfaites. Comme la plus grande qualité des chevaux est leur mémoire, Hautain ne parvenait pas à oublier certaines « leçons » trop brutales, et même s'il se défendait moins, même s'il ne manifestait aucune crainte devant son dresseur, il ne retrouvait pas son enthousiasme de jeune cheval.

Au printemps, Fabienne décida de participer à un concours dans la région de Valenciennes, et je me rendis là-bas avec beaucoup de curiosité. Hautain s'était remusclé, il m'apparut très beau-cheval et se montra à peu près sage, tant au paddock que durant l'épreuve. Pourtant, je ne fus pas convaincue. Quelque chose n'était pas naturel dans son attitude, je voyais bien qu'il hésitait, qu'il ne savait plus trop où il en était, et que son dégoût des obstacles n'était pas vraiment guéri. Fabienne elle-même ne semblait pas tout à fait y croire. Pour elle, l'hiver avait été dur avec toute cette route à faire pour aller voir son cheval, avec le froid glacial, la lumière électrique du manège, le dresseur qui lui demandait des choses difficiles. Je ne sais pas quelle était son opinion exacte à ce moment-là, mais la mienne, que je gardais pour moi, était sans appel : Hautain restait dangereux.

Hélas, renoncer n'était pas concevable aux yeux de Fabienne. Elle avait consenti trop d'efforts et de sacrifices, elle ne pouvait pas se résoudre à accepter le constat d'échec. Plus grave encore, elle aimait trop Hautain pour l'abandonner.

Nous atteignîmes le bord du gouffre au début de l'été.

Le concours hippique de Cabourg se déroule dans un très beau cadre et réunit des cavaliers de tous niveaux durant trois jours. Nous étions au mois de juin 2004, très précisément le 18, la date est inscrite sur l'une des innombrables photos que je possède de Fabienne et de Hautain.

J'ai beau me raisonner, il m'est toujours impossible de songer à cette journée sans éprouver le même sentiment de tristesse, d'angoisse et d'amertume. Pourtant, tout avait bien commencé. La veille, Fabienne avait participé sans aucun problème à une épreuve, et elle m'avait aussitôt téléphoné pour me demander de venir la voir le lendemain. Lorsque je la rejoignis, elle espérait vraiment me prouver que son cheval avait changé. Nous déjeunâmes en compagnie du dresseur, qui était confiant, lui aussi, et qui me décrivit longuement les progrès de Hautain. C'est donc presque tranquillisée que je me rendis au paddock pour assister à l'échauffement. Il faisait beau, j'étais avec l'une des tantes de Fabienne qui est, par ailleurs, une de mes amies d'enfance. Nous bavardions, appuyées à la barrière et heureuses d'être là, quand les choses ont commencé à se gâter. Hautain semblait très mal luné, pas du tout décidé à sauter, même pas une petite barre d'essai. Désordonné, fuyant, il chargeait l'obstacle, puis le refusait brutalement. Fabienne tomba une première fois, et Hautain s'échappa à travers l'immense terrain du jumping. Il fallut le rattraper, le ramener au paddock, mais il se débarrassa de Fabienne une deuxième fois, plus durement, et repartit comme un fou. Il y eut une troisième chute, vingt minutes plus tard. J'étais horrifiée, je n'avais jamais vu un aussi mauvais paddock. Et l'évidence s'imposait : ce cheval *ne voulait plus* sauter.

Fabienne était épuisée, un peu hagarde, néanmoins, elle s'était remise en selle. Le dresseur partit demander une dérogation au jury car son numéro était passé depuis longtemps. Pourquoi, devant une catastrophe pareille, n'a-t-il pas choisi de déclarer forfait ? Je ne le saurai jamais, mais, aujourd'hui, je pense que cette décision a été un mal pour un bien.

La cloche du départ a retenti et Hautain s'est élancé. Je m'étais postée tout en bord de piste, devant l'obstacle numéro 8. Pourquoi celui-là ? Je n'en sais rien non plus. Dès le début, j'ai vu qu'ils allaient trop vite et que Fabienne ne contrôlait pas grand-chose. Le cheval a fait un refus au numéro 3, Fabienne est restée sur sa monture, ils sont repartis. À la réception du numéro 7, le virage était difficile à prendre pour venir vers nous. La foulée était mauvaise, le tracé aussi, Hautain a pilé au dernier instant et Fabienne est tombée. Presque tout de suite, elle s'est relevée, ce qui m'a permis de recommencer à respirer. J'en étais malade, je ne voulais plus rien voir de ce désastre, pourtant, le pire était à venir. Le reste s'est gravé sur ma rétine avec la précision d'un film au ralenti. Le dresseur est sur la piste, il remet Fabienne à cheval. Elle paraît sonnée comme un boxeur. Elle revient sur cet oxer numéro 8, mais la foulée sort toujours aussi mal. Le cheval charge, en pleine panique. Fabienne est hors d'état de faire quoi que ce soit pour l'aider. Il freine juste devant, expédiant ma fille sur le chandelier qui soutient l'obstacle. Et tandis qu'elle s'écrase dessus, il décide de sauter quand même, s'arrache dans un saut désespéré et percute toutes les barres. Fabienne gît sur le dos, les bras en croix. Elle n'est qu'à quelques mètres de moi, inerte, et j'enregistre à la fois son teint livide, ses yeux fermés, le sang qui coule de son casque sur son visage.

La peur de ma vie, je l'ai ressentie à cette seconde-là. Des images se télescopent au fond de ma tête. J'ai *déjà* vécu une horreur semblable, dont je ne veux pas me souvenir. Dans un état second, je passe sous la lice, je m'agenouille près de ma fille. Et, Dieu merci, le miracle se produit, elle rouvre les yeux. Un médecin arrive en courant, il l'ausculte, enlève le casque avec précaution. C'est juste son oreille qui saigne abondamment, le cartilage en bouillie.

Voir Fabienne sortir de la piste sur ses deux jambes me dénoua définitivement le ventre. Deux minutes plus tôt, j'étais prête à vendre mon âme au diable. Toutes les mères comprendront. En tout cas, le destin de Hautain était désormais scellé.

Je n'eus pas besoin de le dire à Fabienne, elle aussi me connaissait suffisamment pour savoir que je ne transigerais pas : plus question, *jamais*, de sauter avec ce cheval.

Oui, mais que faire de lui ?

Quelques jours plus tard, ma fille se résigna, la mort dans l'âme, à envisager de se séparer de Hautain. L'une de ses amies, qui possédait une très belle écurie dans notre région, accepta de l'héberger, le temps de lui trouver un acheteur. Une fois de plus, il fallut aller le chercher dans le Nord en camion pour le ramener en Normandie.

Bien entendu, un éventuel acquéreur ne pouvait être qu'un cavalier très confirmé. Malheureusement, tous ceux qui se présentèrent connurent le même sort : chaque essai se terminait par une chute spectaculaire. Hautain ne voulait plus sauter, et il ne voulait pas non plus d'un nouveau maître. Je crois qu'il voulait seulement qu'on lui fiche la paix.

Au bout d'un mois, nous eûmes l'idée de le conduire dans un centre équestre où on ne pratiquait pas l'obstacle. Nous étions résolues à le vendre pour un prix dérisoire, voire même à le donner, à condition que ce fût à un cavalier qui ne le brutaliserait pas. Mais Hautain ne supportait plus rien et continuait à jeter tout le monde par terre. J'avais de la peine pour lui, de la peine pour ma fille.

Fabienne était obnubilée par le destin qu'allait connaître son cheval, qu'elle continuait à aimer avec passion. D'ailleurs, elle était quasiment la seule à pouvoir le monter encore pour l'emmener se promener, et bientôt, elle serait la seule à pouvoir l'approcher, car tous ces changements et tous ces essais le rendaient de plus en plus ombrageux. Personne ne voulait de lui, il ne voulait de personne.

Le scandaleux conseil de la « boucherie » revint en force dans les conversations familiales, ce qui rendait Fabienne folle, mais, par bonheur, elle savait bien que je m'y opposerais. J'étais dans son camp, dans celui de Hautain, malgré tout ce qu'il nous avait fait subir, malgré tout ce qu'il avait pu coûter de frayeurs, de déceptions, de chagrin et aussi d'argent durant ces quatre années.

Je ne pouvais pas le mettre dans mon jardin, je ne pouvais pas le tuer, je ne pouvais pas continuer à l'entretenir pour rien.

Et puis nous eûmes enfin un vrai coup de chance. Le genre d'événement qu'on n'attend pas, qu'on n'espère plus. Quelqu'un, dans la région, cherchait un compagnon pour sa jument, une brave bête qui coulait une retraite heureuse dans un pré mais s'y ennuyait. Osant à peine croire à cette opportunité, nous allâmes voir le pré en question, qui était immense et verdoyant, avec un bel abri pour les jours d'hiver.

Par un matin d'automne, nous chargeâmes Hautain dans un camion pour la dernière fois. Le monsieur nous attendait en compagnie de sa jument, et j'espérais de tout cœur que Hautain allait l'adopter sans faire d'histoires. C'était son ultime chance, il fallait qu'il la saisisse.

Je revois Fabienne tenant le licol tandis que j'enlevais les protections de transport. Hautain était très nerveux, à la fois impatient de s'élancer sur l'herbe et inquiet de ce nouveau changement. Quand Fabienne l'a lâché, il est parti comme un boulet de canon vers la liberté, aussitôt escorté de la jument.

Il vit heureux là-bas depuis bientôt deux ans. Au début, quand Fabienne allait le voir, elle revenait en pleurs. Son beau-cheval était devenu gras en quelques semaines, sa crinière était tout emmêlée, son poil couvert de boue séchée, et elle considérait toujours qu'elle avait échoué avec lui. Elle a eu besoin de temps pour admettre qu'elle n'était pas responsable de ce gâchis. Tous les gens à qui nous avions confié Hautain n'ont pas su ou pas voulu prendre en considération son caractère particulier. Mon opinion sur le petit monde des marchands de chevaux n'en est pas sortie grandie.

Aujourd'hui, Hautain et son amie la jument sont inséparables. Si vous passez par la Normandie, peut-être les apercevrez-vous, en haut d'une colline ou le long d'une barrière. Hautain est facilement reconnaissable, il a conservé son port de tête d'étalon, et sa manière de frapper ses sabots en galopant. Peut-être verrez-vous aussi la silhouette d'une jeune femme au milieu du grand pré, mais ce que vous ne discernerez pas, c'est qu'elle a encore les larmes aux yeux.

Parsifal

Fred Roigoon

Parsifal est pour moi un nom magique tiré d'un opéra de Wagner. Pour des raisons que j'ignore, il a été donné à un pur-sang qui a joué un rôle extraordinaire dans ma vie. Aujourd'hui, entendre cette musique réveille en moi des souvenirs merveilleux et me projette vingt-cinq ans en arrière. Les larmes que ces notes me tirent sont autant des larmes de joie que de douleur, car jamais je n'aurais imaginé pouvoir ressentir envers un animal autant d'amour et de reconnaissance.

J'étais un jeune pilote à une époque où l'Afrique offrait aux aventuriers la chance d'accéder à des postes impossibles à obtenir par ailleurs. Pour moi, c'était un emploi de copilote dans une petite entreprise de transports de brousse. J'étais encore en phase de formation sur Antonov II, un avion mythique, dernier gros biplan monomoteur de l'après-guerre, que seul ce continent acceptait encore dans ses cieux.

La mission du jour était le transport d'un cheval de Niamey à Tombouctou. Un vol routinier de trois heures en grande partie au-dessus du désert. La seule difficulté était le manque de points de repère au sol. Le GPS n'existant pas à cette époque, la navigation se faisait à l'ancienne, à vue, à l'aide de cartes d'état-major. Joseph, mon instructeur, était un pilote très expérimenté. Un moustachu. Ce que l'on appelle dans le métier un « chibani ». J'éprouvais à son égard un mélange de crainte et d'admiration. D'un caractère exigeant, il ne me laissait rien passer. On le surnommait dans son dos Jobar, à cause de son amour immodéré pour les bars où l'alcool coulait à flots.

Le travail des membres d'équipage d'un avion de brousse était à mille lieues de celui des lignes régulières commerciales. Nous nous chargions de tout ; cela allait de la rédaction du plan de vol au plein de carburant en passant par la manutention et l'arrimage du cargo. Une formation à la dure mais ô combien idéale pour un apprenti comme moi. En général, les tâches salissantes et fatigantes étaient attribuées au copilote, prix à payer pour avoir le privilège de s'installer aux commandes d'un avion, si pourri soit-il.

J'étais en train de tracer méticuleusement notre route sur une carte lorsque le convoi se présenta à nous. J'étais satisfait car, cette fois, la cargaison ne me casserait pas le dos pour le restant de la journée.

Notre « client » fut extrait de son van avec soin. À voir la crainte des livreurs, on devinait la puissance de son propriétaire. Endormi pour le transport, l'animal était allongé sur une civière spécialement construite pour l'occasion. Ils n'étaient pas moins de six gros bras sous la conduite d'un toubab, un Blanc, qui se présenta comme étant le vétérinaire responsable de l'opération.

J'étais, à cette époque, insensible à tout attrait animal. La beauté singulière de la bête ne me toucha point. Je me souviens tout de même de ce premier regard sur sa robe grise, tachetée de blanc, auréolée d'une longue crinière éclatante. Le soyeux de son crin trahissait un entretien méticuleux. Je compris que la valeur de notre cargaison dépassait probablement, une fois de plus, le prix de notre vieil aéronef. Son accompagnateur nous indiqua avec un fort accent belge que le cheval dormirait pendant tout le vol. Le sédatif administré devant faire effet au minimum six heures, nous étions larges. Dans tous les cas de figure, Barth, c'était son nom, nous accompagnerait pendant le voyage, au cas où…

Inerte, Parsifal fut introduit dans la cabine avec mille précautions. La porte étant trop petite pour laisser passer la civière, la manœuvre fut des plus délicate. Les cris de Barth envers les porteurs firent sourire Joseph, qui me fit un clin d'œil de connivence. Le voyage allait être épique.

Une fois installé, le brancard emplit tout l'espace de la cabine. Il restait juste une banquette pour l'accompagnateur. Nous devions enjamber l'animal pour rejoindre notre poste de conduite. Au moment où je voulus attacher Parsifal, Barth s'interposa :

— Hors de question, malheureux ! cria-t-il.

Heureusement, Joseph prit mon parti et vint à la rescousse dans un langage peu diplomatique. Selon le manuel de vol, notre sainte bible, la charge devait être sécurisée ; fin de la discussion. J'avais des efforts à faire pour qu'on me respecte si je voulais un jour devenir commandant. Il faut dire que ma tignasse blonde et mon corps malingre m'enfermaient dans une image de gamin grandi trop vite. Du coup, un peu vexé, le vétérinaire se rattrapa en me faisant un cours sur la méthode de transport d'un cheval.

— Tu dois accrocher la corde au licol, une fois, l'entends-je encore me dire.

À cette heure matinale, la température dépassait déjà allégrement les trente degrés. Barth installa une caisse de bouteilles d'eau à côté de lui, prétendument pour rafraîchir son protégé.

— Merci pour nous, marmonna Joseph dans sa moustache.

L'envol se passa sans incident, si ce n'est le bruit de fin du monde de l'énorme moteur à pistons et cette odeur insoutenable d'huile de vidange. Il fallait avoir le cœur bien accroché et une constitution hors du commun pour supporter cette chaleur caniculaire. Malgré tout, j'étais heureux. Je volais.

J'avais le nez dans la carte alors que Joseph maintenait le cap. Nous échangeâmes nos premiers mots en vol de croisière, quand le régime moteur nous le permit. Je me tournai vers Barth. Il me sourit, enfin détendu. Il me tendit une flasque de whisky que je refusai d'un signe de tête. Joseph, lui, s'en saisit et s'en envoya une longue rasade. Jobar dans ses œuvres, pensai-je. J'évitai de me déconcentrer, devant assurer la navigation. Je craignais de nous perdre car il y avait peu de points remarquables. Les croisements de route ou les villages étaient rares.

Nous survolions des successions de déserts, par moments caillouteux, par d'autres sablonneux. La planète Terre nous offrait ce qu'elle avait de plus sauvage. Les paysages étaient époustouflants. La palette d'ocre, étalée sous nos yeux, aurait fait pâlir d'envie tout marchand de couleurs. De temps en temps, des oasis aux vallées verdoyantes rehaussaient le tableau d'une touche de fraîcheur.

Au bout de deux heures, j'entendis un bruit inhabituel. Derrière moi, Parsifal avait les yeux grands ouverts. Il me fixait d'un regard étrange. Barth dormait à poings fermés. Je fis un signe à Jobar qui s'en amusa.

— Suis ta « nav », gamin ! Tu t'occuperas de tes passagers quand tu seras commandant d'un Boeing, me dit-il d'un ton moqueur.

Il n'eut pas le temps de finir que l'animal se leva brusquement. Sa tête heurta le plafonnier. Il était plus grand que je ne l'imaginais. Il se mit à hennir en tirant sur son licol. Barth se réveilla et se précipita d'un bond. Mal lui en prit ! Il reçut un coup de sabot en plein visage qui lui fit perdre connaissance.

Sans protection, il était à présent à la merci de l'animal en furie. Les hennissements aigus traversaient nos casques écouteurs. Je remerciai en silence Adrien, le mécanicien, qui m'avait appris à faire des nœuds d'arrimage résistant à toute épreuve.

La situation était préoccupante et j'essayais de lire dans les pensées de Joseph. Il luttait pour maintenir l'avion en ligne de vol. Les mouvements brutaux du cheval nous faisaient tanguer dangereusement. Il n'y avait pas de terrain alentour où nous aurions pu nous poser afin de libérer l'animal. Quand bien même, pour évacuer l'avion, nous aurions dû traverser la cabine pour rejoindre la seule porte d'accès qui se trouvait à l'arrière. Je me rendis compte avec horreur que cette issue était trop petite pour que la bête s'échappe par elle-même. Autant traverser un corral avec un animal fou à l'intérieur. Le piège s'était refermé.

Barth recevait régulièrement des coups de sabot. Il saignait de la tête. Il y avait urgence.

— Joseph, il faut faire quelque chose. Le Belge n'a pas l'air bien.

— Écoute, gamin, j'ai pas la moindre idée de ce que nous pourrions faire. C'est la première fois qu'une chose pareille m'arrive. Putain de canasson ! Tiens ! Prends les commandes un instant que je m'essuie.

Je m'exécutai et compris combien piloter était difficile. C'était comme si nous étions dans une coquille de noix au milieu de l'océan en pleine tempête, avec, en prime, un lourdaud qui sautait dans tous les sens.

Joseph se tourna vers la cabine et se mit à crier pour essayer de calmer l'animal devenu fou. Mais Parsifal n'était pas un vulgaire chien. Il faisait partie de la race des seigneurs et nous le fit savoir à sa manière.

— Putain, il a cassé un hublot, me cria Joseph, s'il continue, il va nous envoyer au tas.

Je n'avais jamais rencontré de situation aussi stressante. Moi qui avais une grande confiance en mon instructeur, elle s'amenuisait peu à peu.

— Quoi qu'il arrive, garde l'avion en ligne de vol, me dit-il en détachant son harnais.

— Que fais-tu ? criai-je.

Il passa à l'arrière et tenta de ramener le corps de Barth vers l'avant. Malheureusement, l'animal l'en empêcha. Il l'envoya bouler d'une ruade. Cette fois, l'armature autour de laquelle il était attaché céda, emportant avec elle quelques tuyauteries. L'avion embarqua à gauche sans que je puisse le récupérer.

— JOSEEEEPH...

Le commandant s'engouffra dans le cockpit et se jeta sur le manche.

— J'ai les commandes, hurla-t-il sans même prendre le temps de s'attacher.

Il réduisit les gaz et utilisa le palonnier pour reprendre le contrôle de l'appareil.

— Cette sale bête a rompu le câble des ailerons, je n'arrive plus à contrôler ce foutu avion, me dit-il avec effroi. Aide-moi à maintenir l'assiette.

Dessous, les dunes de sable se rapprochaient. L'équilibre était instable et l'avion volait avec peine.

— Prépare-toi à un atterrissage forcé.

Je serrai mon harnais jusqu'à ce qu'il m'empêche de respirer.

— Essuie-moi, poursuivit-il.

Son arcade sourcilière saignait abondamment, gênant sa vision. Je m'exécutai à l'aide de mon sac à casque. Je tremblais comme une feuille.

— Je vais essayer de me poser entre ces deux dunes, là.

Ce furent ses derniers mots. Cette phrase hante encore parfois mes pires cauchemars. Je me souviens d'avoir eu une pensée fugace pour ma mère qui allait apprendre ma mort avant de recevoir cette longue lettre que je lui avais postée l'avant-veille.

J'étais agrippé au volant. Braquées à fond, les commandes étaient en butée. L'avion continuait de pencher et de descendre. C'était la fin. Le train d'atterrissage heurta le haut d'un monticule. Le choc fut extrêmement violent. Je me vois encore projeté en avant dans un bruit terrifiant, puis plus rien.

Des hennissements lugubres me réveillèrent. Mon corps était accroché au harnais de mon siège, la tête en bas. Il me fallut quelques secondes pour reprendre mes esprits. J'appelai Joseph sans obtenir la moindre réponse. Une odeur de brûlé finit de me réveiller. L'instinct de survie probablement.

Je me décrochai et m'extirpai à quatre pattes de l'amas de ferraille. Ce fut facile car, derrière le cockpit, un trou béant m'offrait un passage vers la liberté. L'avion était coupé en deux. À vingt mètres, le reste du fuselage commençait à brûler. Parsifal, debout sur ses jambes, tirait de toutes ses forces sur sa longe qui était coincée autour d'une poutrelle tordue. Il semblait indemne. Un vrai miracle.

Sans réfléchir, je m'approchai en traînant la patte et coupai la corde avec mon couteau. Immédiatement, il s'échappa au triple galop, crinière au vent, libre. J'aperçus le visage sans vie de Barth qui crissait sous l'attaque du carburant enflammé. Une vision d'horreur.

J'avais très mal à la poitrine et ne pouvais pas m'appuyer sur ma jambe blessée. C'est presque en rampant que je m'éloignai. Puis je découvris soudain Joseph, qui avait été éjecté. Son corps désarticulé gisait à quelques mètres de là. C'en était trop ; je m'évanouis.

La nuit était tombée quand je revins à moi. Une matière chaude et humide se frottait sur mon visage. Je fis un écart en arrière et reconnus le mufle de Parsifal. Le maudit cheval avait recouvré son calme. Il hennit comme s'il voulait me dire quelque chose. Rien n'avait bougé autour de nous. La lueur envoyée par la pleine lune découpait les débris de l'appareil en sculptures fantomatiques. Le feu était éteint, le silence assourdissant. Le cadavre de Joseph gisait toujours à trois pas de moi. J'étais déshydraté.

À cloche-pied, je me rapprochai du poste de pilotage, masse de métal démantibulé posée sur le dos comme une offrande faite au sable par le dieu Éole. Je récupérai une lampe de poche et ma gourde. Parsifal me regarda boire et remua la tête de haut en bas. Je lui fis signe de s'approcher et creusai ma main dans laquelle je versai un peu de liquide. Sa grosse langue me chatouilla.

— Doucement, murmurai-je. Il va falloir que tu m'aides, je ne peux pas marcher et personne ne viendra nous chercher par ici.

J'eus l'impression qu'il me comprenait.

Avec un accoudoir, je me confectionnai une attelle. Heureusement, la trousse de secours était stockée à l'avant de l'appareil et je pus me soigner tant bien que mal. Mes côtes me faisaient horriblement souffrir, encore plus que ma jambe cassée.

Au loin, l'aurore poignait, gommant de sa douceur les milliards d'étoiles, seuls témoins de mon désespoir. J'envisageai déjà la direction à prendre pour trouver du secours. En me dirigeant vers le sud, j'avais des chances de tomber sur un village.

Je fis le point sur ce qui était encore utilisable. La ration d'eau de Joseph n'était presque pas entamée. Je ne pus m'empêcher de sourire avec tristesse. L'aversion du commandant pour l'eau allait sans doute me sauver la vie. Les bouteilles de Barth, elles, avaient fondu. D'ailleurs, tout ce qui était à l'arrière de la partie arrachée avait brûlé. J'eus un haut-le-cœur en voyant la masse noirâtre de ce qui restait du vétérinaire. Pauvre vieux ! Il était urgent que je parte. Cette vision n'aidait pas mon moral déjà au plus bas.

Je rassemblai le tout dans mon sac à casque, encore humide du sang de mon ancien compagnon. Avec une corde, je confectionnai une bride que j'attachai au licol du cheval. Parsifal resta docile. Je lui expliquai ce que je comptais faire, sans trop y croire.

J'attirai la monture devant le nez de l'avion et grimpai sur le moyeu de l'hélice. Je n'avais jamais fait de cheval de ma vie. Le plus délicatement possible, je m'assis sur son dos. L'animal fit quelques pas de côté mais n'essaya pas de me jeter à terre. Je récupérai mon équilibre en me serrant à son cou, ce qui m'arracha un cri de douleur vite ravalé ; ce n'était pas le moment de l'effrayer. Une fois rassuré, je récupérai mon assise, arrangeai le sac de survie, et frappai gentiment le flanc de la bête de ma jambe valide.

Parsifal se mit en route. Il avait compris. D'un pas lent, il s'éloigna du lieu de l'accident.

— C'est bien, mon cheval. Trouve-nous de l'aide, lui dis-je le cœur empli d'espoir.

Le soleil déployait ses premiers rayons et m'offrit un paysage grandiose. Pour la première fois, je réalisai combien notre équipage semblait minuscule dans cette immensité. Au loin, dans le ciel d'une pureté originelle, la traînée d'un avion de ligne zébra l'azur. J'imaginai, à l'autre bout de cette immense rature blanche, mes parents. À cette heure-ci, ils devaient se réveiller dans leur pavillon d'Argenteuil. C'était l'heure où ma mère préparait le café de mon père avant qu'il ne parte à l'usine. Mes rêves de réussite étaient aussi les leurs. Je me devais de ne pas les décevoir.

Depuis combien de temps avancions-nous, je ne saurais le dire mais les dunes de sable avaient laissé place à des chemins rocailleux. Le soleil brûlait. J'avais attaché ma chemise autour de la tête. J'avalais à intervalles réguliers quelques gorgées d'eau en la partageant avec ma monture. J'avais trouvé un stratagème en remplissant un quart métallique que je lui tendais à bout de bras. Parsifal y trouvait son compte, moi aussi car j'avais la hantise de quitter son dos réconfortant.

Lorsque mon compagnon trouvait un peu de végétation, il s'arrêtait pour arracher quelques herbes qu'il ruminait avec appétit. Nous avançâmes comme ça, à petite vitesse.

Un peu avant la tombée de la nuit, Parsifal trouva de l'eau. Un petit ru autour duquel la végétation semblait plus dense. Je mis pied à terre en m'affalant. Mes jambes ne me portaient plus. Mon corps n'était plus que douleur. Je restai allongé sur le dos, la tête dans l'herbe. La fraîcheur du lieu me fit le plus grand bien.

Ma jambe était violette. Je défis mes pansements pour en refaire d'autres. J'avais faim. Il me restait un demi-paquet de Choco Prince. Ces biscuits secs au chocolat prirent à mes yeux plus de valeur qu'un kilo de caviar.

Parsifal paissait paisiblement ; il avait trouvé son paradis. Je découvris à ce moment-là qu'une de ses jambes saignait. Il ne se plaignait pas, lui. Il se laissa soigner courageusement.

— Ne te sauve pas, l'animal, lui dis-je, ce n'est pas le moment de me laisser tomber.

Comme la fatigue s'emparait de moi, je restai allongé la tête dans les étoiles. Je revis en songe mon frère, mes amis, nos virées au centre commercial, nos soirées au Pacha Club, ces filles d'une nuit. Je pris soudain la mesure de tout l'amour qu'elles m'avaient donné. Amour réconfortant qui me faisait grandement défaut à présent. Pour passer le temps, je tentai d'associer des prénoms à leurs visages. Les reverrais-je ?

Mes proches enviaient tous la chance que j'avais de quitter la région parisienne, de faire ce dont je rêvais depuis ma plus tendre enfance. Je me mis à prier. Pas Dieu car j'étais athée, mais Saint-Exupéry, mon maître. Je le suppliai de me laisser revoir ceux que j'aimais. Parsifal s'approcha de moi et m'offrit son souffle réconfortant. Il devait aimer le sel de mes larmes car il me lécha le visage. La fièvre, la fatigue, la douleur, le désespoir avaient eu raison de moi.

Le lendemain, il était toujours là. Heureusement car je crois que je me serais laissé mourir. Cette fois, c'est à l'aide d'un rocher que je me hissai jusqu'à son dos. Il avait parfaitement compris son rôle d'ambulancier.

J'aurais juré qu'il faisait tout son possible pour m'aider… À sa manière.

Notre voyage reprit avec, pour ma part, la certitude que c'était la dernière étape. Dans un accès de conscience, je m'attachai autour de son cou avec le reste de corde, mon visage noyé dans sa crinière. La fièvre me fit perdre connaissance de nombreuses fois. Je n'avais plus la force de boire. Cette brave bête continua son chemin avec un courage hors du commun.

Le souvenir marquant de cette fin de journée fut le visage de ces deux enfants qui me dévisageaient. J'étais sauvé. Parsifal était à l'arrêt comme s'il attendait qu'une âme charitable vienne le décharger de son embarrassant fardeau. Une agitation rassurante se forma autour de moi. Je me laissai faire. Ma propre survie étant plus importante que tout le reste, j'oubliai très vite – trop vite – celui qui m'avait sauvé. Il était certes responsable de ce crash mais était-ce vraiment sa faute ? Cet avion était-il le meilleur endroit pour lui ? N'étions-nous pas, nous, les hommes, la principale cause de cet accident ?

Je ne savais pas encore que mon plus grand regret serait de ne pas lui avoir dit merci. J'étais probablement trop faible pour deviner que c'était la dernière fois que je le voyais. Son image m'habite encore et chaque fois que je croise un cheval je ferme les yeux, hume cette odeur rassurante et pense à lui.

Aujourd'hui, lorsque je survole le Mali, à douze mille mètres d'altitude, aux commandes de mon

Boeing 747, je ne peux m'empêcher de revivre cette aventure. Je saisis au fond de ma sacoche de vol le talisman qui ne me quitte jamais lorsque je pars en courrier : ce vieux sac maculé de sang séché autour duquel pend un morceau de corde. Il me protège, j'en suis sûr. Le copilote, penché sur sa tablette électronique, ne remarque rien ; ni mon silence, ni même l'humidité de mon regard qui sonde l'immensité sous nos pieds. Je sais que l'âme de Parsifal flotte au-dessus de ces contrées. Je sais qu'il veille sur moi.

Un jour mon cheval viendra

Sylvie Moisant

— Julien, qu'est-ce que tu fabriques ? ! On va être en retard !

Julien, sept ans, s'arrêta. Il posa son cartable sur le trottoir, écarta d'un brusque mouvement de tête la mèche brune qui lui battait l'œil, et dit :

— Attends, m'man, il a mal à la patte.

Nathalie haussa les sourcils et regarda son fils avec étonnement.

— Qui ça ?

Le bras de Julien s'éleva, le poing fermé comme s'il emprisonnait quelque chose à l'intérieur.

— Mon cheval.

Poussant un soupir, Nathalie tapota le verre de sa montre de son ongle verni.

— Julien, arrête de jouer. On est pressés. Allez, dépêche-toi !

Mais le gamin ne bougea pas. De sa main gauche toujours close, il fit le geste de tirer une corde, tandis que la droite caressait l'air.

— Je le tiens par le licol, m'man, mais il veut pas avancer. Peut-être qu'il a peur des voitures ?

Le corps de Nathalie se raidit et ses mâchoires se crispèrent.

— Maintenant ça suffit, Julien. Tu ramasses ton cartable et tu files. Sinon, je te préviens, ça va mal se terminer.

Le visage du gamin se crispa dans une moue tourmentée.

— Désolé, m'man. Je peux pas. Il faut attendre qu'il finisse de brouter.

Son regard s'était posé sur une maigre touffe de pissenlit qui avait poussé entre deux pavés. Sous la brise du matin, une unique fleur jaune se balançait, comme titillée par la langue râpeuse d'un herbivore. Un escarpin se posa soudain sur l'herbacée. Un nuage d'aigrettes blanches s'envola.

— Oh, non ! M'man ! Tu as écrasé son déjeuner !

Le ton horrifié de Julien acheva de rendre Nathalie folle de rage. Sans un mot, elle saisit brutalement son fils d'une main et le cartable de l'autre. Le cartable, avec des bandes fluorescentes sur les côtés et Spiderman en rouge et bleu sur la face, tomba dans le caniveau. Nathalie le ramassa par une des bretelles, et le jeta sur la poitrine de Julien. Elle était écarlate. Sous les cheveux tirés en chignon, une veine de sa tempe palpitait.

— Maintenant tu prends ton sac et tu te dépêches !

Les bras serrés sur son sac, le petit garçon jeta à sa mère un regard implorant. Puis deux larmes perlèrent à ses yeux bleus. La colère de Nathalie retomba soudain.

— Julien ! Arrête ! Qu'est-ce qu'il y a ? Tu ne te sens pas bien ? Tu ne veux pas aller à l'école ?

La mine butée, le regard au sol, il ne répondit pas. Puis il se mit à avancer lentement, en marmonnant.

— Qu'est-ce que tu dis ?

— Tu l'as fait s'enfuir. Mon cheval est parti.

Nathalie lui prit la main et se pencha pour l'embrasser. Qu'est-ce que c'était que cette histoire de cheval ? Julien avait une imagination fertile. Mais il savait en général faire la part du jeu et de la réalité. Troublée, Nathalie se demanda si son fils avait besoin d'un animal de compagnie. Son père les avait quittés six mois plus tôt. Julien n'en parlait jamais. Mais cette absence creusait le lit d'un tourment aux conséquences incertaines. Qu'elle en soit coupable ou pas, elle allait bien devoir le prendre en compte. Un chat ? Ils n'avaient pas de jardin, mais les chats s'accommodaient en général assez bien de la vie en appartement. Et puis elle pensa aux poils. Enfant, Nathalie avait fait des crises d'asthme. D'après sa mère, c'était sans nul doute lié aux chats de la voisine qui entraient dans la maison dès qu'on avait le dos tourné. L'idée d'une réaction allergique brutale de ses bronches la dissuada. Peut-être un poisson rouge ? Elle faillit en parler tout de suite à Julien, alors qu'ils atteignaient la grille de l'école primaire, et puis elle se ravisa. Il valait mieux lui faire la surprise. Samedi, elle l'emmènerait à la jardinerie pour acheter un poisson.

⁂

Julien sortit de l'école un sourire aux lèvres. À chacun de ses pas, son cartable sautillait légèrement sur son dos, et il entendait le cliquetis de son trousseau de clés accroché dans une des poches. Même si sa mère ne lui permettait pas encore de rentrer seul, le fait d'avoir les clés de la maison le rassurait, tout en lui donnant l'impression d'être déjà grand. Il la vit qui le cherchait d'un regard inquiet parmi les grappes d'enfants qui s'évaporaient, les uns vers le parking, les autres vers le tramway, certains comme lui vers un adulte à pied. Il eut envie de faire plaisir à sa mère et il se précipita pour finir sa course la tête sur son ventre, un ventre chaud et un peu rond, drapé d'une robe en lainage.

— Oups ! Ça va, mon chéri ? Tu as passé une bonne journée ?

Il hocha la tête pour dire oui, et fouilla dans le sac qu'elle portait en bandoulière pour y prendre son goûter.

— Hum, des Pitchs !

Nathalie sourit. Elle était rassurée. Julien semblait avoir totalement oublié sa lubie du matin.

Ils rentrèrent en se tenant par la main. Pendant que Julien mangeait sa brioche au chocolat, Nathalie se sentit bien. Il y avait du printemps dans l'air. Des bourgeons blancs et roses pointaient au sommet des arbres, et le soleil de ce mois de mars était déjà chaud. Ils parlèrent de leur journée. Un nouveau était arrivé dans la classe. Il y avait eu des frites à la cantine. La maîtresse leur avait appris une poésie rigolote sur les fourmis dont il ne se rappelait pas le nom. « Une fourmi de dix-huit mètres... » Pendant que Julien récitait, Nathalie songea à sa routine professionnelle d'aide-soignante : changer les patients, refaire leurs lits, se forcer à sourire avec optimisme, même quand elle avait le dos en compote. Elle aimait son métier. Mais qu'il était désespérant de travailler autant sans l'assurance de s'en sortir ! Depuis que Marc était parti, le compte bancaire de la jeune femme passait dans le rouge dès le 10 du mois. Combien coûtait un poisson rouge avec le bocal et tout l'attirail ? Un pincement d'angoisse. Puis Julien tira sur son bras.

— M'man ? M'man ?

— Oui, mon chéri.

— On a des carottes ?

— Des carottes ? Mais je croyais que tu n'aimais pas ça !

— Moi non. Mais un cheval, ça aime ça.

Natalie sentit un liquide glacé couler dans la poitrine. Puis elle se força à faire preuve d'objectivité.

Est-ce que c'était vraiment grave ? Si Julien voulait jouer à avoir un cheval, eh bien… Jouons.

— Oui, je crois. Les ânes aiment ça, alors je pense que les chevaux aussi. Et… comment il s'appelle, ce cheval ?

Elle eut l'impression que Julien hésitait avant de répondre.

— Je sais pas.

— Comment ça tu ne sais pas ? Ce n'est pas… ton cheval ?

Julien avançait en sautillant, on aurait dit qu'il trottait.

— Il me l'a pas dit. Tu as vu, m'man, je marche comme lui !

Nathalie ne put s'empêcher de regarder derrière eux.

— Il nous suit ?

— M'man… Il est juste à côté de moi !

— OK. Et comment est-il ? Blanc ? Noir ?

— Marron clair. C'est un alezan.

Où avait-il pêché ce mot ? Dans un livre à l'école ? À la télé ? Nathalie se mit à rire.

— Tu sais, moi, je n'y connais rien en chevaux. Et quel tempérament il a ?

Là, elle eut l'impression que c'est lui qui butait sur le terme. Elle faillit se reprendre, mais Julien répondit :

— Bouillonnant. Et peureux aussi parfois. On lui a fait peur, alors il s'est enfui. Pourtant, c'était le plus rapide, il a gagné des parcours d'obstacles. Il a eu deux médailles, la dernière aux championnats de France.

Mais où va-t-il chercher tout ça ? Nathalie fut tentée de lui demander pourquoi le cheval s'était enfui. Et puis elle se dit que c'était complètement stupide. Elle voulait bien jouer, mais il lui semblait qu'il était nécessaire maintenant de mettre un point final à ces élucubrations. Redescendons sur terre. Ils rentrèrent dans leur petit appartement et, tandis que Nathalie entamait sa deuxième journée de travail, retirant le linge du séchoir avant même d'avoir ôté ses chaussures, Julien se jeta sur le canapé.

— Tu fais tes devoirs, Julien. Après seulement tu pourras allumer la télé.

Mais Julien secoua la tête négativement.

— Je ne vais pas regarder la télé, m'man. Après, je vais m'occuper de mon cheval.

Elle fit comme si elle n'avait rien entendu.

⁂

— Respire fort, mon grand, respire fort.

Docile, Julien prit une profonde inspiration. Puis il recommença une deuxième fois, et une troisième. Le Dr Étienne se redressa et l'image du Marsupilami se balança à son cou. Une espèce de lémurien jaune à taches noires et longue queue qui ornait son stéthoscope pour enfants.

— Eh bien, tout cela m'a l'air parfait !

Il ponctua sa conclusion en tapant dans ses mains, et Julien se dressa sur le marchepied de la table d'auscultation pour sauter à terre. Nathalie attendait face au bureau du médecin en se mordillant les lèvres.

— Tu veux bien attendre dans la salle d'attente, mon grand, et lire des bandes dessinées pendant que je parle avec ta maman ?

Julien acquiesça et sortit en remontant son pantalon. Le Dr Étienne s'assit face à Nathalie et la regarda par-dessus ses petites lunettes cerclées de métal. Une grosse barbe poivre et sel couvrait ses joues et son menton, le vieillissant d'une dizaine d'années à en juger par ses cheveux encore parfaitement noirs et fournis.

— Il est en pleine forme, ce garçon. Qu'est-ce qui vous inquiète ?

Nathalie s'efforça de lui raconter l'histoire du cheval. Mais, à mesure qu'elle parlait, elle vit que le médecin ne comprenait pas. Il consultait son ordinateur, sans réaction. Elle tâcha d'appuyer ses dires par des exemples qui lui semblaient convaincants.

— Il a entassé tous ses jouets dans un placard pour faire de la place à ce cheval. Il hurle si je marche sur le tapis où il se repose, soi-disant. Il remplit des sacs d'herbe. Il m'a fait acheter une brosse et un cure-pied. Il veut une selle en cuir pour Noël.

Le Dr Étienne se mit à mâchouiller les poils de sa barbe, des poils drus et gris qui se dressaient sous sa lèvre inférieure.

— Il s'amuse. C'est de son âge. Je me rappelle que quand j'étais gamin je m'étais inventé une sœur ! C'est fréquent, vous savez. Ça lui passera comme c'est venu.

Nathalie avait envie de pleurer. Depuis trois semaines, Julien ne parlait que de ce cheval. Et il n'y avait pas eu moyen de lui faire penser à autre chose. Elle en était venue à se dire que son fils basculait dans la folie. Mais elle n'osa pas le dire au médecin.

— Qu'en est-il de son père ? Le voit-il ?

Nathalie dut bien avouer que non. Et puis elle eut comme une illumination.

— Est-ce que cela peut avoir un rapport ? Est-ce qu'il invente une histoire pour pallier l'absence de son père ?

Le médecin hocha la tête.

— C'est possible. Un animal grand et fort, puissant, cela lui évoque peut-être l'image paternelle. Est-ce que… ? Il a dit si c'était un mâle ou une femelle ?

Elle se représenta soudain le phallus érigé d'un étalon, et elle se sentit rougir.

— Non, il m'a juste dit qu'il s'était enfui. Comme son père. Est-ce que vous pensez que je dois consulter un psychologue ?

Le médecin eut une moue dubitative. Il faisait partie de ces médecins de la vieille école qui pense qu'un corps sain suffit à forger un esprit équilibré. Il lui conseilla de laisser Julien vivre sa vie d'enfant.

Nathalie sortit de son cabinet avec plus de questions que de réponses.

Depuis que Marc était parti, elle n'avait pas trouvé le courage de parler à son fils. Comment pouvait-elle lui dire que son père les avait abandonnés du jour au lendemain ? Elle ne savait pas où il se trouvait. Ni s'il était parti avec une autre. Était-ce pour cette raison que Julien devenait un enfant si solitaire ?

⁂

Quelques jours plus tard, Julien rentra de l'école avec une grosse bosse sur le front. Nathalie s'alarma.

— Comment t'es-tu fait ça ?

— C'est rien, m'man, c'est mon cheval. Il m'a donné un coup de sabot. Mais il l'a pas fait exprès.

Elle le soigna sans commentaire, jusqu'à ce que la maîtresse de Julien demande à la rencontrer. Elle reçut Nathalie après la classe.

— Julien me cause du souci. Il s'est battu. Vous avez remarqué sa bosse ?

Nathalie ressentit une immense culpabilité. Comment n'avait-elle pas compris ? La maîtresse poursuivit :

— Il raconte que vous possédez une grande maison à la campagne, avec un pré dans lequel vous élevez des chevaux. Au début, ses camarades l'ont écouté avec attention, plutôt admiratifs. Et puis, hier, Wilfried, un garçon de la classe, a dit que ce n'était pas vrai. Que vous viviez dans une HLM. Il s'est moqué de lui. J'ai dû les séparer dans la cour de récréation.

Nathalie sentit venir le moment où la maîtresse allait lui poser des questions sur sa vie privée. Il y avait une fiche posée devant elle sur le bureau, et Nathalie parvint à déchiffrer à l'envers : famille monoparentale. L'explication à cette convocation était-elle là ? Fallait-il prouver que Nathalie, seule, ne s'en sortait pas bien ? Un enfant avait besoin d'une autorité masculine. C'est ce que la maîtresse devait penser. Alors Nathalie répondit :

— Son père travaille dans un haras. En province. Nous y allons tous les week-ends.

L'enseignante écarquilla des yeux verts globuleux.

— Dans un quoi ?

Et puis Julien les rejoignit et Nathalie n'eut pas à donner d'explication supplémentaire. Elle n'avait qu'une vague idée de ce qu'était un haras et aurait été bien en peine d'en donner la définition.

Le soir même, dès que Julien fut couché, Nathalie se plongea dans Internet. Elle passa une partie de la soirée à se familiariser avec des termes tels que : bride, filet, longe, pansage, débourrage, reprise, trot enlevé, *hunter*, voltige, *barrel race*. Quand elle crut avoir trouvé ce qu'elle cherchait, elle alla se coucher, satisfaite.

Ce fut une nuit où elle rêva qu'elle faisait la toilette d'un malade avant de s'apercevoir soudain, en entendant un hennissement, qu'à la place du vieux monsieur de la chambre 218 était endormi un animal affublé d'un museau allongé. Sa lèvre était retroussée et des dents jaunes claquaient sur un mors en métal. Il fallait qu'elle enlève ce truc pour lui faire avaler ses médicaments, mais elle ignorait comment s'y prendre, on ne le lui avait pas appris, elle savait seulement qu'elle devait prendre garde à ne pas se faire mordre. Et aussi à tenir les rênes pour qu'il ne s'échappe pas. Car, s'il s'enfuyait, elle serait définitivement classée dans la catégorie des mauvaises mères. Alors qu'elle secouait la tête pour se réveiller, le médecin entra dans la chambre. Il mordillait sa barbe et avait dans les mains une badine de cuir, une cravache souple et fine, et elle sut qu'elle devait à tout prix protéger le cheval.

— M'man ! M'man !

Julien se tenait debout devant son lit. Il était déjà habillé, prêt à partir pour l'école. Il pleuvait. On entendait l'eau dégouliner avec régularité dans les gouttières et claquer sur les fenêtres. Nathalie chassa l'image fugitive d'un cheval aux flancs bruns trempés par l'orage. Mais longtemps, pendant qu'elle se dépêchait de se préparer, elle ressentit nettement sous ses doigts la sensation d'un pelage chaud, d'une douceur extrême.

— Tu sais, hier soir, j'ai cherché s'il y avait près d'ici des cours d'équitation.

Julien la regarda par-dessus son bol avec incrédulité.

— Pourquoi ?

Nathalie émit un petit rire gêné.

— Eh bien... tu ne voudrais pas faire du cheval ? Enfin, je veux dire, apprendre à monter ? Dans un club ?

Il avala une gorgée, puis parla avec les lèvres ourlées de chocolat chaud :

— Pour de vrai ?

— Évidemment, pour de vrai !

— C'est un truc de filles.

— L'équitation, c'est un truc de filles ?

— C'est ce que Wilfried a dit.

— On se fiche de ce que Wilfried a dit. Est-ce que toi tu en as envie ?

— Où ça ?

— Il y a un centre hippique, pas très loin, on peut y aller en bus. Ce week-end, on se renseignera si tu veux.

Le regard de Julien fixa le mur blanc de la cuisine. Puis un sourire passa sur son visage, comme s'il était en train de s'imaginer galopant dans une prairie.

⁂

Les poneys trottinaient à la queue leu leu, des gamins hauts comme trois pommes sur le dos. La plupart des enfants avaient une bombe trop grande qui leur tombait sur les yeux. Au fil des secousses, ils n'y voyaient presque plus rien, et les poneys prenaient l'ascendant sur eux, se mettant à sillonner le manège à leur guise. La monitrice, une grande blonde en culotte moulante et bottes noires, se mit à hurler :

— Laura, c'est n'importe quoi ! Victor, reprends les rênes ! Jeanne, c'est toi qui diriges !

Puis elle s'avança à grandes enjambées vers un poney couleur café brûlé qui s'était arrêté, et lui mit une tape sèche sur la croupe.

Julien, le front contre la barrière qui encerclait le manège, poussa un soupir outré et commenta :

— Elle est méchante.

Nathalie lui caressa les cheveux.

— Ne t'en fais pas. Cela ne lui a pas fait mal. Alors, ça te plaît ?

Il ne répondit pas et se mit à courir dans la boue et le crottin. Il stoppa devant les boxes individuels. De grands chevaux passaient leurs têtes majestueuses au-dessus des portillons de bois, contemplant le spectacle d'un œil tout à la fois grave et placide. Nathalie fouilla dans le sac en plastique qu'elle avait apporté et en sortit un gros quignon de pain dur qu'elle entreprit de briser en petits morceaux. Julien en saisit deux, en mit un dans sa bouche, et s'approcha avec l'autre d'un cheval noir qui tendait son cou vers lui.

— Mets ta main comme ça, m'man.

Nathalie le regarda tendre sa paume et se sentit bouleversée. Comme il avait l'air confiant et heureux !

Elle prit un morceau de pain à son tour et imita son fils. Le cheval happa le pain et elle sentit son souffle chaud et humide lui chatouiller les doigts.

— Hi !

Julien éclata de rire.

— N'aie pas peur, m'man ! Il ne va pas te mordre ! Il est content, au contraire. Regarde ses oreilles. Droites, il t'écoute.

Puis le cheval se mit à frotter son museau sur l'arête de la porte et Nathalie vit, sous ses longs cils, sa propre image qui se reflétait dans son œil.

— Les chevaux savent qui les aime. Tu vois, maintenant qu'il te connaît, tu peux le caresser.

Julien avait des gestes à la fois confiants et doux. Nathalie eut l'impression qu'elle découvrait une facette de la personnalité de son fils. Elle en était à la fois fière et émue.

— Tu veux entrer dans son box pour le brosser ? Et faire ensuite une balade ?

Une jeune fille brune venait de s'approcher avec un seau rempli de brosses et d'étrilles. Julien leva la tête vers elle et lui sourit.

Ce fut une journée inoubliable, prélude à beaucoup d'autres. Chaque samedi, Nathalie et Julien allaient au club hippique, et elle le regardait pendant une heure évoluer à dos de poney, après quoi il semblait prendre autant de plaisir à le bouchonner, essuyant sa robe frémissante de sueur, puis le menant au pré pour un repos bien mérité.

Le jour où Julien passa et obtint son premier galop, Nathalie lui offrit un équipement complet. Il avait fière allure et promettait de devenir un cavalier accompli. Passionné, il ne ratait jamais un cours, même en plein hiver. Il avait monté Éclair, Cachou,

Tempête, Abricot, Confetti, Titan. Mais son préféré était sans conteste un alezan à la robe brun clair, la crinière blonde, Panache. C'était un petit cheval à la foulée énergique, au caractère têtu. Tous les enfants le craignaient. Pas Julien. D'emblée, il était parvenu à établir une connivence avec lui. Nathalie apprit un samedi l'histoire de Panache : lors d'un concours, deux ans plus tôt, il s'était soudain dérobé sur un obstacle. Sa cavalière, une petite fille de neuf ans, avait chuté contre la barrière, et Panache s'était blessé l'antérieur droit. Pendant de longues minutes, la fillette était restée inconsciente, sonnée, pendant que son cheval perdait son sang dans la carrière. Lorsque les gens avaient accouru, Panache avait pris peur et s'était enfui. On l'avait retrouvé plusieurs jours plus tard, errant aux abords de la ville. Curieusement, il n'avait pas l'air fatigué, ni amaigri. Sa patte avait commencé à cicatriser, son pelage était lustré, son ventre rebondi. Comme si, miraculeusement, quelqu'un avait pris soin de lui. Mais qui ? On ne le sut jamais.

Tempus fugit

Hélène Meignin

Il s'ébranle dans un grondement de tonnerre. L'explosion de son énergie engendre sous ses sabots des galaxies de poussière, dont les particules virevoltent et tourbillonnent avant de retomber, inertes, dans son sillage. Sous la lumière blafarde de l'aube, on pourrait les croire faites de poudre d'os.

Par les percussions de son galop, l'animal emballé fait trembler la terre comme il fait trembler les hommes. Pour la plupart d'entre eux, il représente un défi : rebelle à toute forme d'autorité et de volonté, il est l'indomptable, l'éternel insoumis. La bête à mater.

Ils sont nombreux à tenter leur chance. Certains lancent leurs lassos et étranglent son encolure puissante, persuadés de pouvoir le capturer, ou tout du moins le ralentir. Chaque fois, il les embarque dans une poursuite effrénée. Ils courent sur les premiers mètres, mus par l'illusion que leurs deux jambes peuvent rivaliser avec les quatre membres, taillés pour la fuite, de leur proie. Puis, revenant à la réalité en crachant la poussière venue leur chatouiller la gorge, ils finissent par lâcher la corde, essoufflés, déçus, rageurs. Quelques-uns s'acharnent et se laissent traîner sur le dos, désespérément cramponnés aux fibres de la corde qui écorchent leurs mains et leurs phalanges verrouillées. En général, la douleur a raison de leur motivation : leurs chairs meurtries trahissent toujours leur volonté.

D'autres, un peu plus malins, utilisent des stratagèmes qui peuvent se révéler efficaces. Il lui est arrivé de se laisser piéger, une fois, alors qu'il buvait l'eau d'un lac en ridant sa surface. Ils s'y sont mis à plusieurs et se sont approchés sans un bruit, en rampant face au vent qui ne lui a pas porté leur odeur. Ils ont surgi d'un coup et se sont précipités sur lui, l'ont ligoté avec leurs lassos tandis qu'il tentait vainement de se cabrer, hennissant de terreur et de colère. Ceux qui tenaient les cordes l'ont tiré vers le lac, pendant que d'autres, armés de bâtons, lui frappaient la croupe en veillant à rester hors de portée de ses sabots. Il avait beau ruer, piaffer, redresser violemment la tête pour tenter de se libérer, il n'a pas pu résister au mouvement qu'on lui imposait. Il s'est retrouvé dans l'eau jusqu'aux épaules, prisonnier des hommes et des flots. L'un d'eux à poussé un cri aigu de victoire en se hissant sur son dos, et s'est cramponné à sa crinière sombre. Il serrait ses jambes contre ses flancs et lui enfonçait les talons entre les côtes, riant de la maladresse de sa monture qui luttait contre la pesanteur de l'eau. L'animal peinait à extraire ses sabots de la vase, chacun de ses gestes, étouffés et pénibles, l'épuisait un peu plus, ses ruades étaient inutiles. Il a cependant fini par se calmer. Plus par ruse que par fatigue. Tandis que les hommes triomphaient, leur meneur toujours assis sur son dos trempé, il s'est éloigné du rivage et s'est lentement enfoncé dans l'eau : une fois libéré de la succion de la boue, il a nagé. Ses assaillants l'ont suivi, mais ont perdu peu à peu le sourire. Le lac était plus vaste qu'ils ne le pensaient. Un par un, ils ont abandonné, cédant à l'épuisement et à la peur de la noyade. Seul celui qui s'était improvisé cavalier s'est accroché, allongé sur l'encolure de l'animal qu'il pensait être parvenu à dompter, ses doigts emprisonnant les crins rêches. Il s'est aperçu de son erreur lorsqu'ils ont abordé l'autre rive : sitôt sa monture sortie des flots, elle s'est mise à ruer sauvagement. L'homme a résisté un moment au rodéo furieux avant de se faire jeter à terre. Le cheval s'est alors ébroué, avant de s'éloigner au petit trot sans un regard pour son adversaire.

Quelques-uns osent des approches différentes, mais souvent malhabiles. Il en a repéré plusieurs qui se cachent dans un coin pour le guetter, attendant le moment propice, attendant, attendant et attendant encore ; pour finalement rater l'occasion, incapables de le regarder, aveuglés par la projection qu'ils se font de sa venue.

Les femmes, en général, sont celles qui le craignent le plus. De tous âges, elles se présentent face à lui, désireuses de l'affronter, mais, malgré leur aplomb apparent, elles tremblent intérieurement. Elles n'ont toujours pas compris qu'il reçoit la peur des autres comme une onde électrique, et que cette énergie ne fait qu'accélérer sa fuite et les éreinter, elles.

Seuls les plus sages ont compris comment l'aborder, ou plutôt comment ne pas le faire. Les plus âgés, bien souvent, se contentent de le regarder passer, et disent avec un sourire édenté en grattant leurs crânes chauves : « Il est comme Attila ! Là où il passe, l'herbe ne repousse pas. » Rien n'a jamais pu l'arrêter. Ni les barrières que certains construisent autour de lui, ni les friandises offertes pour l'appâter. Aucun enclos n'est assez haut ni assez solide, aucune friandise n'est assez bonne, aucun artifice n'est assez efficace. Il est un élément immuable. Altérer sa condition reviendrait à corrompre l'essence même de l'univers. Pourtant, les hommes continuent d'essayer, ils viennent en cohortes dans cet espace qui est le sien. Son territoire est immense : beaucoup le disent infini. Il n'y est pour rien, il est ainsi, il ne va pas le réduire pour faire plaisir aux humains ! Il existe cependant des êtres qui se distinguent. Des singularités, qui, à leur manière, parviennent à le troubler. Il en est une qui l'intrigue en ce moment même. À bonne distance de l'inconnue assise en tailleur à même le sol, il piaffe et renâcle, décoche des ruades dans le vide, dresse la tête et dilate ses naseaux. Voilà des heures, sinon des jours, qu'elle se trouve là, aussi immobile qu'une pierre. Une éternité qu'elle attend, qu'elle l'ignore. Qu'elle dort, peut-être bien. Qui pourrait le dire ? Ses yeux sont à moitié cachés par une épaisse frange blonde. Quelques mèches s'ébouriffent parfois imperceptiblement, soulevées soit par la brise, soit par un battement de cils. Dans le doute, il préfère s'enfuir. Pour revenir quelques instants plus tard, poussé par sa curiosité et son envie de comprendre les intentions de cette étrange créature. Il reste dans les parages, s'attendant à tout instant à la voir bondir vers lui ou à voir surgir un complice armé de cordes, humant les airs pour s'imprégner de son parfum et l'intégrer à son paysage. Au fil des heures, il se rapproche d'elle, sans s'en rendre compte. Il lui tourne autour en broutant l'herbe rare de cette terre aride, et la spirale de ses pas se resserre autour du corps frêle de l'inconnue, toujours immobile. Il est désormais suffisamment proche pour voir sa poitrine se soulever avant de s'abaisser au rythme lent de sa respiration, il entend le froissement de l'air qu'inspirent et expirent ses narines. Durant plusieurs minutes, il cesse de mastiquer pour l'écouter, ses oreilles braquées sur elle, calant son souffle sur le sien. Puis il reprend son activité et la laisse à la sienne, quelle qu'elle puisse être. Alors que la nuit tombe, il s'avance vers elle, dans son dos, puis allonge le cou et baisse sa lourde tête vers la chevelure blonde. Une longue crinière drue et épaisse qui lui évoque le foin, mais qui n'en porte pas l'odeur ; elle sent le printemps et les fleurs sauvages. Il s'en imprègne, les naseaux frémissants, avant de saisir du bout des lèvres quelques mèches sur le dessus de son crâne, qu'il mâchonne pour ensuite les relâcher. L'inconnue remue légèrement les épaules et émet des sons étouffés et saccadés. Il s'interrompt aussitôt pour reculer d'un bond, rabattant les oreilles en arrière. La femme rit. Troublé et un peu vexé, il virevolte et s'éloigne en trottant. Il ne reviendra vers elle qu'à l'aube. Il passe la nuit à contempler le carrousel infiniment grand des constellations, dont le reflet tourne avec lenteur dans ses yeux sombres ; les étoiles filantes glissent au-dessus de ses pupilles comme des araignées d'eau lumineuses à la surface d'un lac. Le jour levé, il opte encore une fois pour une approche prudente à pas lents, dans le dos de la créature ; seuls les chocs secs de ses sabots hachent le silence. Si elle les entend, ce qui est probable, elle n'en laisse rien paraître. Tout à coup, il marque une pause et redresse la tête, intrigué : la femme lève haut les bras, serre les poings et cambre le dos. Après s'être étirée, elle reprend sa position initiale. Il attend quelques instants, immobile, puis progresse à nouveau. Comme la veille, il commence par humer la chevelure dorée en l'effleurant du menton. Durant plusieurs jours, il s'agira de sa méthode pour la saluer ; pour lui faire part qu'il a conscience de sa présence, et qu'il l'accepte. Chaque fois, désormais, elle s'efforce de bouger lors de leurs présentations matinales. Elle étire un membre, lève vers lui une main qui pivote délicatement sur son poignet fin, bascule la tête en arrière tandis qu'il frôle de ses lèvres épaisses la crinière blonde. Tout d'abord méfiant, il finit par s'habituer à la lente gestuelle de danseuse de l'inconnue, jusqu'à se sentir suffisamment en confiance pour l'aborder de face. Jusqu'à se laisser toucher. Du bout des doigts, elle le caresse chaque jour un peu plus longuement. Après la peau douce et sensible de son nez – qu'il relevait brusquement au début, surpris par ce contact –, elle s'aventure sur ses larges joues, puis ce matin sur son front gardé au chaud par son toupet de crins noirs. Soudain, alors qu'il retire sa longue tête d'entre ses mains et la dresse pour surveiller l'horizon, le corps entier de la femme accompagne son mouvement ascendant, et se lève, comme aspiré par son élan, ou hissé par des ficelles accrochées à son chanfrein. L'animal sursaute et couche ses oreilles sur son crâne en renâclant ; debout, elle semble moins frêle qu'assise, moins inoffensive. Il fait quelques pas en arrière, avant de trottiner vers l'ouest tout en la surveillant du coin de l'œil. Si jamais elle se met à courir, il s'enfuira au grand galop.

Mais l'inconnue se contente de tourner sur elle-même en le suivant du regard. Il s'arrête. Elle n'amorce toujours aucun mouvement dans sa direction. Pour le restant de la journée, il gardera ses distances : il lui faut s'habituer à cette version étendue de l'humaine. Il réalise au bout de plusieurs heures qu'elle n'est pas beaucoup plus active debout qu'assise. De temps en temps, elle avance d'un pas ou deux, ses pieds nus épousant le sol en douceur, sans bruit. Il envie le silence de ses déplacements. Il sait que les humains auraient plus de mal à le repérer s'il n'était pas perpétuellement accompagné par le cliquetis régulier de ses sabots sur la surface du monde.

Elle se couche au même moment que le soleil. Il ose alors s'approcher à nouveau, s'assure qu'elle est endormie en écoutant son souffle, puis reste auprès d'elle pour protéger son sommeil de son ombre. À plusieurs reprises au cours de la nuit, elle sent le souffle chaud des naseaux de l'animal la décoiffer légèrement.

Voilà quelques jours qu'il ne sursaute plus lorsqu'elle se lève ou bouge. Il la laisse même marcher à ses côtés. Ils se déplacent ensemble, parfois sans échanger un regard l'un pour l'autre durant de longues et paisibles heures. Il arrive à la femme de tendre la main vers lui, et de marcher avec sa paume chaude posée contre son encolure. Ses doigts glissent parfois jusqu'à son garrot, geste qu'il n'apprécie pas. Il accélère le pas et passe au trot, laissant sa compagne derrière lui. Elle ne semble pas comprendre le message : elle recommence toujours, aussi têtue que lui.

Par un froid après-midi, elle commet une erreur. Elle referme les doigts sur sa crinière, se colle contre lui et tente de se hisser sur son dos. Il bande tous ses muscles, gonfle ses flancs, aplatit ses oreilles et s'échappe au grand galop en hennissant, sa queue haute fouettant les airs. Bousculée, la femme s'effondre sur le sol. Elle a été trop pressée, elle le sait. Elle se relève en se frottant les mains pour en chasser la poussière et époussette son corps meurtri. Elle s'en veut, et craint d'avoir anéanti en quelques secondes des jours de travail. Elle le regarde s'enfuir au loin : elle ne peut rien faire d'autre que le laisser filer.

Elle l'attend, longtemps, inquiète. Elle marche au hasard, son cœur suspendu à une expectative. Puis elle se souvient de la méthode qu'elle avait utilisée au départ pour amadouer le cheval sauvage, elle se remémore l'harmonie qui l'avait envahie lorsqu'elle s'était assise sur le sol, en l'attendant sans l'attendre vraiment. Elle ferme les yeux, apprivoise les battements emballés de son cœur et laisse la terre exercer son attraction. Elle reprend sa position en tailleur, inspire longuement, et sent tout son corps se détendre.

Les heures s'écoulent autour d'elle. Elle entend à plusieurs reprises des sons auxquels elle se sent étrangère. Le tonnerre d'un galop, des hennissements aussi rageurs que les cris des hommes qui leur succèdent lorsqu'ils voient leur proie s'échapper sous leurs yeux. Elle sent l'animal la frôler dangereusement en s'enfuyant, les percussions violentes de ses sabots lui emplissent la tête et la cage thoracique en faisant bondir son cœur au même rythme effréné. Mais elle reste impassible, les paupières scellées. Ce qui se passe à l'extérieur ne la concerne pas.

Le calme finit par revenir, accompagné du silence. Il est bientôt troublé par le cliquetis des pas de l'animal, tout d'abord faible, puis de plus en plus net. Elle le sent s'approcher d'elle, de face, elle le devine dans la pénombre de ses yeux clos. Il renâcle juste au-dessus de ses cheveux, qu'il ébouriffe en les humant. Elle sourit. Elle ouvre les yeux tandis qu'il enfouit son nez dans le creux de son cou et mâchonne délicatement quelques-unes de ses mèches blondes. Elle lève lentement les mains, qu'elle croise derrière la tête du cheval pour l'enlacer. Il redresse alors l'encolure et entraîne à nouveau la femme dans son mouvement, volontairement cette fois. Elle se retrouve debout face à lui. Elle s'approche d'un pas pour embrasser son encolure puissante et niche son visage dans la crinière sombre. Elle respire son odeur, mélange de chaudes épices et de poussière, de vent et de terre. Lui se laisse envahir par les battements de son cœur à elle, qui palpite contre les vaisseaux de son cou.

Elle desserre son étreinte et recule lorsqu'il commence à s'agiter ; il baisse la tête puis, d'un pied, égratigne le sol qu'il gratte pendant plusieurs secondes avant de plier les genoux et de se coucher. Surprise, la femme le regarde ensuite se rouler dans la poussière, son corps lourd basculant d'un côté puis de l'autre, ses longs membres battant l'air, une lueur indéniable de plaisir brillant dans ses yeux surlignés de longs cils noirs. Satisfait, il se retourne une dernière fois pour se coucher sur le flanc dans un nuage de particules grises ; par endroits, sa robe sombre disparaît entièrement sous la couche de poussière. Il tourne la tête vers elle et croise son regard ; elle y lit une invitation tranquille à le rejoindre et avance vers lui, timidement. Il ne se relève toujours pas. Fébrile, elle l'enjambe. L'animal choisit cet instant pour se redresser. Il déplie vivement ses membres antérieurs puis ses postérieurs tout en secouant son cou. La femme, qui se fond désormais elle aussi dans le nuage de particules, se cramponne à la crinière rêche et poussiéreuse, le souffle coupé, s'attendant à être jetée à terre à tout instant. Le cheval trotte sur quelques mètres, ce qui secoue la cavalière en lui hachant la respiration, avant de se lancer à l'assaut de la plaine aride au grand galop. Le vent fouette le visage de la femme et lui siffle aux oreilles, elle a l'impression que ses poumons ne seront jamais assez grands pour contenir les bouffées qu'elle inspire. Son sourire s'épanouit au fil des minutes : à aucun moment l'animal n'a rué ou tenté de la faire tomber. Elle prend peu à peu confiance et ose lâcher une main, qu'elle ouvre aux alizés. Son dos se redresse, elle bascule la tête en arrière et se laisse emporter au gré des foulées de l'animal, qui dévorent les kilomètres.

Il change plusieurs fois d'allure, ralentissant pour passer au trot puis au pas, avant de repartir au galop. Après les raideurs du départ, le corps de la femme accompagne en souplesse celui du cheval, son bassin ondule au rythme de l'animal et épouse de plus en plus naturellement chaque transition. Elle le laisse aller à l'allure qu'il désire, profite des ralentissements pour observer le paysage et y découvrir chaque fois quelque chose de nouveau, s'abandonne ensuite à l'ivresse de la vitesse, s'habitue aux surprises des virages parfois brutaux et inattendus qu'elle apprend à anticiper.

Alors que le crépuscule transforme les cieux en un tsunami enflammé qui s'abat sur la terre, la femme aperçoit plusieurs silhouettes éparses à l'horizon : des centaures se découpent en ombres chinoises sur le paysage. Avec un immense sourire, elle agite la main dans leur direction, et ils lui répondent du même geste. L'un d'eux se cabre en hennissant pour la saluer. Elle comprend alors qu'elle fait elle aussi partie de cette espèce hybride, de cette race de chimères pas si imaginaire que ça, issues de la fusion de deux êtres qui ne font plus qu'un. Elle sait qu'elle devra finir par redescendre pour fouler à nouveau le sol, mais, pour le moment, elle profite du voyage et de sa rencontre avec un indomptable, un éternel insoumis. Plus tard, bien plus tard, lorsque les humains chercheront en vain sur son corps les stigmates de son combat avec lui, lorsqu'ils lui demanderont comment elle s'y est prise pour échapper à ses coups les plus cruels, elle répondra en souriant et avec sincérité :

« Je n'ai rien fait d'autre que l'accompagner. »

Rien n'est impossible

Manuela de Seltz

1952. Mon souffle se fait court.

Je n'entends plus rien. Les voix qui s'animent autour de nous, les cris, les encouragements, les sifflets. Je ne vois plus rien. Les banderoles, les drapeaux, les bras qui s'agitent. Il n'y a que toi et moi. Un peu perdus au milieu de tout cela, je dois bien l'avouer.

Mais tu es avec moi. Et grâce à toi, je me sens plus forte.

Digne, fier, conquérant, courageux. Ces quatre adjectifs te définissent à merveille. Toi seul pouvais réaliser cela. L'exploit que tu me fais l'honneur de partager avec moi. Tu m'as sauvée. Tu m'as fait revivre. Dès que je t'ai vu, j'ai su que tu allais changer ma vie.

Tout n'avait pas été rose pour moi les mois précédents. La maladie, l'hôpital, les soins, les médecins et leur verdict. Sec. Tranchant. Sans appel. Poliomyélite. « Vous ne remarcherez jamais ! » À un moment de ma vie que j'aurais dû savourer, où j'allais bientôt m'accomplir en tant que mère, tout s'effondrait.

Mais là-bas, à l'hôpital, j'étais dans un cocon, une parenthèse entre ma vie d'avant et la nouvelle. Je n'étais livrée ni à moi-même ni aux regards des autres. Le pire était assurément à venir. J'ai troqué ma paire de jambes contre un deux-roues à manipuler avec les mains ou à faire pousser par quelque âme charitable. J'étais désespérée. Je ne serais jamais une femme fatale, une séductrice, une diva. Mes jambes ne serviraient qu'à décorer ce fauteuil, mes pieds à enfiler des chaussures dont les semelles ne seraient jamais râpées, mes jambes et mes pieds allaient se flétrir comme de vieilles fleurs dans un vase aride. Ma vie n'aurait plus aucun sens désormais. Même si je portais la vie en moi. Dès lors, mes jours abritèrent de sombres pensées, ruminées comme des idées noires, malaxées, mélangées, exagérées. Mes nuits furent fiévreuses, souvent plus blanches qu'auparavant, peuplées de cauchemars, agitées de soubresauts.

Mon esprit vacilla. Pourquoi moi ? Si jeune en plus. À un moment si important pour moi. Pourquoi une telle injustice ? Qu'avais-je fait pour mériter cela ? Comment pourrais-je m'occuper de mon enfant dans cet état ?

J'aurais dû pouvoir courir dans les champs après lui, nager dans la rivière voisine, escalader les collines et dévaler les pentes. Mais il n'en serait rien. Je devais me faire une raison.

Les minutes, les heures, les jours et les mois passant, sentant ma raison chavirer, ma mère nous emmena, mon ventre rond et moi, en promenade de santé comme elle disait. Nous allions faire le tour des activités accessibles aux handicapés.

Couture : non merci, je n'étais pas encore à un âge assez avancé pour m'ennuyer en compagnie de mamies grabataires mais déambulant mieux que moi.

Échecs : très peu pour moi, beaucoup trop intellectuel.

Bibliothèque : ou comment souffrir en marchant par procuration, à travers des livres peuplés d'histoires à l'eau de rose.

Piscine : je refusais que tout le monde voie mes jambes s'atrophier.

J'avais fait la tournée des grands ducs pour handicapés, ne me résignant ni à ce statut ni à ses contraintes, moralement abattue.

Puis, le 1er avril, je t'ai rencontré ! Tu as bouleversé ma vie. Je me souviens de tout ce qui s'est passé. Dans les moindres détails. De l'odeur la plus volatile. Des couleurs. Des sons. Des pensées. Des regards que nous avons échangés.

Je t'ai vu de loin. Cette allure. Cette prestance. Cette noblesse. Tu étais vraiment le plus beau. Mon cœur s'est arrêté de battre quand tu es venu vers moi. J'étais trop intimidée pour faire le premier pas.

Je me rappelle encore ton odeur, âcre, sauvage, naturelle, quand tu as reniflé mes cheveux. Je n'ai pas osé rire. J'étais bien trop impressionnée. Tes naseaux ont émis un drôle de bruit. J'ai fermé les yeux, priant en silence pour que ne te prenne pas l'envie de manger mon nez ou mes oreilles. Quand on est petite, on croit toujours aux sornettes que racontent les adultes. Mon papi me disait souvent que les chevaux mangeaient les oreilles des vilaines petites filles. Je retenais mon souffle. Mais tu n'as rien fait de tel. Je n'étais peut-être plus tout à fait une petite fille. Ou bien étais-je toujours sage. Oui, c'est cela. J'étais sage. Je suis sage. Je serai toujours sage.

Tu as planté tes yeux dans les miens. Pour me sonder. Je pouvais y lire ta gentillesse, ta douceur mais aussi une détermination certaine, une force de vivre, un caractère trempé et assumé. Dans tes yeux, pour la première fois depuis longtemps, j'ai vu mon visage. Celui d'une jeune femme, bientôt maman, assez jolie. Je n'ai vu ni mon fauteuil ni mon ventre. Il n'y avait que toi et moi.

« Lis, je te présente Spring. Spring, je te présente Lis. »

Voilà les seuls mots qui parvinrent à mes oreilles. Ils avaient été prononcés par Elisabeth, ma kinésithérapeute. C'est elle qui avait eu l'idée de m'emmener visiter ce haras. Ma fée. Ma bonne étoile.

J'étais bouleversée. Tétanisée. Je ne m'attendais pas à toi.

Il y en avait pourtant d'autres tout autour de nous. Des blancs, des noirs, des gris. Mais je ne voyais que toi.

Je me souviens d'avoir pris une profonde inspiration, priant pour qu'il ne m'arrive rien, puis d'avoir passé une main sur ton encolure d'un noir d'ébène. Tu étais doux. Tu n'as pas reculé ni même esquissé un soubresaut.

« Spring est un hanovrien. Il est jeune. Il a deux ans. »

J'avais toujours peur. Mais un peu moins. Nous nous apprivoisions, par le regard, par l'odeur, par mes caresses. Nous étions dans notre bulle. Je ne me doutais pas du tout, à ce moment-là, de tout ce que nous allions vivre tous les deux.

Quelques jours plus tard, je devins maman. Pour la première fois. Ce fut mon bonheur le plus intense. Je voulais à tout prix que ce bébé soit le plus heureux au monde. Je m'y attellerais avec force et détermination. Un jour, il serait fier de moi.

Alors, plusieurs semaines après l'accouchement, quand Elisabeth me parla de toi, mon cœur s'emballa.

— Tu pourrais le monter.

— Le monter ? Mais je ne marche même pas !

— Quand tu fais du cheval, tu n'as pas besoin de marcher. On te portera pour que tu puisses grimper sur Spring. Et on t'aidera aussi à en descendre.

— Je n'y arriverai jamais. Mes jambes sont trop faibles. Mes bras également.

— Bien sûr que si, tu y arriveras ! De toute façon, tu peux essayer. Et si ça ne te plaît pas, si tu ne t'en sens pas le courage, si tu as mal, alors tu n'auras qu'à arrêter.

J'ai passé une nuit blanche à réfléchir. Je revoyais tes yeux. Ton regard était si doux. Je repensais à ta force. Celle que, sans aucun doute, tu saurais bientôt partager avec moi. Et je ne m'étais pas trompée.

Nous nous sommes retrouvés peu après. Mon fils dormait dans le couffin. Il était si paisible. Le moment a été merveilleux. Je t'ai de suite reconnu. Il n'y en avait pas deux comme toi. Tu t'es avancé vers moi et tu as recommencé à me renifler. Tes yeux ont plongé dans les miens et j'ai senti ta force me traverser.

À ce moment-là, un espoir est né en moi. Profond. Non. Une certitude plutôt. Nous y arriverions ensemble. Un projet aussi. Nous ferions de grandes choses.

Le groom et Elisabeth m'ont aidée à sortir du fauteuil et à m'installer sur toi. Je me suis surprise à te susurrer des mots à l'oreille. Je t'ai parlé de ma peur, de ma frustration, de ma colère aussi. Je crois bien que tu m'as écoutée. Parfois tu secouais la tête. Était-ce pour me signifier ton accord ?

Nos premiers pas communs ont été légers. Elisabeth me tenait une main, le lad l'autre. Je n'ai pas eu peur de tomber. Tu étais assez fort pour nous deux. Tu marchais doucement, comme si tu faisais attention à ne pas me brusquer. Pas d'écart, pas de soubresaut, pas de tressaillement. Tu me tenais comme si j'étais un bébé de quelques mois. Je sentais sous mes cuisses la chaleur de ton corps et cela me faisait du bien.

À ce moment-là, j'ai ressenti une immense joie m'envahir. J'avais à nouveau des jambes. Et ces jambes, c'étaient les tiennes. Tu me les offrais, comme un cadeau tombé du ciel.

J'ai alors approché ma bouche de tes oreilles et t'ai murmuré :

— Merci de me prêter tes jambes. Je te promets de faire de grandes choses avec.

Tu as simplement secoué la tête. En signe d'assentiment. Une complicité était née, que nous allions passer des années à entretenir, à peaufiner, à développer.

À partir de ce jour, nous avons beaucoup travaillé. Je venais te voir quatre fois par semaine. Au début, je ne pouvais monter que quelques minutes. Mais, parallèlement, je travaillais avec Elisabeth. Il fallait que j'essaie de muscler mes cuisses. Car nous pouvions peut-être encore les sauver. Je ressentais certaines sensations à ce niveau-là. Ce qui n'était pas du tout le cas au-dessous des genoux.

Je me faisais mal. Souvent, je sortais des séances de kiné ou de musculation avec d'atroces douleurs, quasi insupportables. Mais le jeu en valait la chandelle. La contrepartie était le droit de te monter. Lundi. Mercredi. Vendredi. Dimanche. Ce sont devenus les plus beaux jours de ma semaine.

Nous commencions à avoir nos habitudes. Je venais te voir avec un petit cadeau ; une carotte, une pomme ou du pain dur. Je flattais ton encolure, caressais ton museau. Tu reniflais mes cheveux ou me chatouillais le cou. Ça, c'était pour fêter les retrouvailles. Ensuite commençaient les choses sérieuses. Tu relevais la tête, plongeais ton regard déterminé dans le mien et me transmettais ta force. Je pouvais alors, une fois prête, te signifier mon accord d'un hochement de tête. Tu relevais la tienne dans un hennissement de contentement, j'imagine, et me montrais le chemin.

Les grooms m'aidaient à monter sur ton dos et nous faisions une petite balade. D'abord cinq minutes.

Puis dix.

Puis quinze.

Vingt.

Trente.

Je te racontais ma vie, mes espoirs, mes rêves. Je savais que tu m'écoutais, tu secouais la tête pour me répondre. Parfois, j'avais même l'impression de te voir sourire. Tu marchais à une allure tout à fait régulière, paisible. Mais parfois, quand je te racontais des blagues, des choses drôles, tu accélérais. Je sentais alors poindre une sensation nouvelle, une mini-euphorie. Je tenais les rênes pour essayer de te contrôler. Et ça fonctionnait. Avec beaucoup de docilité, tu te laissais faire. Je me suis rendu compte que, par la position de mon corps, la tension des rênes, la pression des jambes, je pouvais te guider.

Plus vite. Moins vite. Droite. Gauche.

Trot. Pas. Trot. Pas.

Nous nous comprenions parfaitement, si bien qu'une idée a germé peu à peu dans ma tête. Il fallait que j'en parle à Elisabeth. Vite.

Un jour, à la fin de la séance, j'ai couru la voir. Enfin, bien entendu, courir est ici une expression.

— Elisabeth, j'aimerais que nous discutions un peu de ce que je pourrais faire avec Spring, mais tout d'abord, j'aimerais te remercier. Pour avoir cru en moi, pour m'avoir poussée à travailler avec lui. Grâce à toi et aussi à lui, je reprends peu à peu l'usage du haut de mes jambes. Je me muscle. J'ai retrouvé la souplesse et surtout le courage et l'envie. Il m'a transmis sa force, son courage. Je sais que rien ne m'est impossible.

Un sourire s'était lentement dessiné sur le visage d'Elisabeth. Elle était heureuse et fière, je crois.

— C'est un plaisir pour moi, Lis. Mais tout cela tu ne le dois qu'à toi. Tu te bats chaque jour. Tu as vaincu tes propres peurs, tes préjugés, et aujourd'hui tu ne peux que te féliciter.

Je rougis.

— Merci, Elisabeth. Mais... je voudrais que tu m'aides encore, si tu veux bien.

— Que puis-je faire pour toi ?

— Je voudrais participer à des concours de dressage avec Spring. Je sais que je le maîtrise bien. Surtout, je crois que lui et moi sommes connectés. Nous nous comprenons d'un simple remuement d'orteil, si je puis dire. Je crois que Spring est le prolongement de moi-même. Il est non seulement mes jambes, mes bras, mais aussi mon cœur. Aujourd'hui, le monter pour récupérer mes jambes ne me suffit plus. Je voudrais que nous accomplissions quelque chose de grand tous les deux. Pour que Spring reste dans l'histoire. Non pas en tant que cheval de handicapée. Mais parce qu'il est un grand cheval, digne, fier et combatif. Il a tellement d'allure ! Je voudrais qu'il soit un exemple. Si je peux le faire, d'autres le peuvent également. Je veux prouver que le cheval est une thérapie fabuleuse. Du corps et de l'âme.

Elisabeth resta un moment silencieuse, se gratta le bout du menton puis dit :

— Très bien, Lis. Je vais te présenter un entraîneur. De haut niveau. Il te dira ce qu'il en pense. Mais il te faudra continuer, voire intensifier tes exercices avec Spring. Tu as besoin de récupérer encore plus de muscles. Le bas de tes jambes est toujours paralysé. Il le restera, je dirais, à quatre-vingt-dix-neuf pour cent. Mais tes cuisses, tu peux, à force de travail, les fortifier. Ce sera indispensable pour dresser Spring.

— J'en suis convaincue. Je suis prête à travailler plus. Encore plus. Je sais que l'on peut y arriver.

— Très bien. Je vais voir ce que l'on peut faire.

Le sujet était clos. Je n'en reparlais plus durant ce qui allait me sembler une éternité et qui, pourtant, n'a duré que quelques semaines.

Elisabeth revint me voir et, tout sourire, m'apprit qu'un grand entraîneur allait venir nous voir, le soir même, toi et moi. Je crus que mon cœur allait exploser de joie. Non, je n'avais pas peur. Depuis toi, je n'avais plus peur de grand-chose en vérité.

Ce soir-là, je t'ai monté fièrement. Tu levais la tête comme si tu savais ce que j'attendais de toi. Je suis persuadée que tu comprenais tous les mots que je susurrais à ton oreille. Oh, que nous devions être beaux tous les deux ! Apparemment, nous l'avons vite conquis. Nous lui avons fait belle impression. Car c'est lui-même qui est venu m'aider à descendre de ton dos et à m'asseoir dans mon fauteuil.

— Vous formez un duo merveilleux. Vous avez une allure superbe, madame. Votre cheval est royal. Il a un port de tête princier. Une aura. Une prestance. Je pense que nous pourrons faire de très belles choses, tous les quatre.

— Et mon handicap ?

— Quel handicap ?

Nous sommes partis d'un grand éclat de rire. Tout cela me semblait si simple, naturel, quoique irréaliste. Et pourtant...

⁂

C'était il y a trois ans. Quasiment jour pour jour. Malgré tout, je m'en souviens comme si c'était hier. Je me souviens des heures d'entraînement. Le but ultime : nous allions concourir pour la discipline reine, la base, la mère de toutes les autres disciplines équestres. J'ai tout appris : le mouvement, la grâce, la légèreté, l'impulsion. J'étais désormais, sur toi, tout ce que je ne pouvais être dans mon fauteuil. Pirouette, levade, croupade, pas espagnol, travers, renvers... Le vocabulaire hippique n'a aujourd'hui plus de secrets pour moi.

Je me souviens de nos heures à discuter, toi et moi. Je sais que ça peut paraître surréaliste. Pourtant, tu me parles. Tu m'as appris à me battre, à ne jamais baisser les bras. Tu m'as appris à m'accepter telle que je suis, à ne pas laisser les autres décider pour moi. Tu m'as transmis des valeurs que peu d'hommes peuvent se targuer de connaître.

Je me suis ouverte, confiée à toi. Je t'ai parlé de mes rêves, de mes espérances. Nous nous sommes apprivoisés, compris, aimés.

En ce jour de l'an 1952, avant de nous élancer d'un seul corps dans l'épreuve reine du concours hippique olympique, au cœur de l'arène brûlante d'Helsinki, avant de décrocher une médaille d'argent que je n'ose même pas espérer en rêve, alors que je tente de faire le vide dans mon esprit, une dernière pensée m'effleure :

« Il y a courage et courage... Celui du tigre et celui du cheval », a dit Ralph Waldo Emerson.

Ceci est une histoire vraie.

Celle de Lis Hartel, cavalière danoise, médaille d'argent de dressage aux jeux Olympiques en 1952 puis en 1956, et handicapée suite à une poliomyélite.

La Jument de la nuit

Olivier Beaufay

À Nathalie Dau

Lorsque Tasia ouvrit ses volets, elle ne vit que cela, amer sombre sur l'océan blanchâtre de la prairie givrée qui s'étendait sous ses fenêtres. Elle resta immobile un instant, le temps de s'assurer qu'elle n'était pas victime d'une illusion. Puis elle referma la fenêtre, fit sa toilette et s'habilla avant de rejoindre la cuisine. Elle déjeuna sans hâte, comme si ce matin ressemblait à tous les autres. Enfin, elle enfila son épais duffle-coat informe, rabattit la capuche qui lui mangeait la moitié du visage, et sortit.

Une fois le seuil franchi, elle ne put détacher ses yeux du cheval apparu dans la nuit, immobile au bout de la prairie. Tasia s'engagea à travers l'herbage pentu séparant sa maison de la route. Elle ne quittait pas des yeux son ombre allongée que le soleil levant dessinait devant elle, sur sa droite. L'herbe rase blanchie par la nuit prenait une teinte orangée. Loin sur sa gauche, la ramure fastigiée d'une colonne de peupliers emprisonnait au sol quelques filaments d'obscurité. Et Tasia avançait vers l'équidé, la tête baissée, les sens en alerte. Elle marchait avec retenue, minimisant les légers crissements de la glace sous ses pas afin de mieux percevoir le souffle lointain, atténué de l'animal.

Soudain, un son creux, trois notes brèves et graves s'élevèrent dans la fraîcheur matutinale. Tasia s'arrêta immédiatement. Avait-il henni ? Renâclé ? Elle n'avait aucune certitude. Une vingtaine de mètres les séparait : elle dans son duffle-coat beige, soulignée d'ombre, les yeux rivés au sol mais attentive au moindre son ; le cheval, dont la robe noire se parait de reflets bleus dans la lumière incertaine, droit sur ses membres, les postérieurs un peu en retrait, arqué comme s'il posait pour le stud-book. Il semblait surgir du puits d'obscurité situé derrière lui. Lentement, Tasia releva la tête. Il s'agissait en réalité d'une jument. Campée face à la jeune femme, elle avait l'attitude élégante d'un cheval placé et présentait une très légère étoile en tête enluminée ponctuellement par les volutes qui s'échappaient de ses naseaux.

L'assurance calme qu'elle dégageait mettait Tasia mal à l'aise. Une inspection rapide lui apprit que la jument n'avait pas passé la nuit dehors. Elle devait donc provenir des environs. Un particulier ? Un club hippique ? Son poil semblait soyeux, entretenu, brillant. Sa crinière était soignée, dépourvue de nœuds ; elle cascadait d'un seul côté de l'encolure. Sa queue était taillée. Nulle trace de boue, de terre, de paille ou de crottin sur sa robe immaculée. La jeune femme avait devant elle l'incarnation altière d'une image de catalogue, perle de schorl posée sur un écrin de satin blanc.

Tasia fit un pas en avant. La jument, sur le qui-vive, recula d'autant. La jeune femme soupira, pensive. Après quelques secondes, elle fit demi-tour et regagna sa longère. Elle reprit sa routine comme s'il ne s'était rien passé. Elle ne put toutefois s'empêcher de jeter, de temps à autre, un œil inquiet par la fenêtre : la jument galopait dans la prairie, chahutait seule, ivre de sa liberté et de sa force.

⁂

Le lendemain matin, Tasia ouvrit ses volets avec une réelle curiosité. Un léger brouillard avait envahi l'herbage, mais on devinait tout de même la silhouette sombre qui attendait encore, là-bas.

Le pas de la jeune femme était alourdi par le seau d'eau qu'elle avait décidé d'apporter à la jument, mais la brume matinale tenace ouatait tous ses sens. Elle devinait devant elle l'esquisse nébuleuse de la jument, toujours aussi altière. Parvenue à la même distance que la veille, elle entendit une nouvelle fois les trois notes graves, lancées comme un avertissement. Elle s'arrêta et, de sa main libre, abaissa sa capuche. La fraîcheur la surprit. Nerveuse, elle guettait autour d'elle le signe ténu d'une présence indésirable. Rassérénée par le silence environnant, elle avança d'un pas, comme la veille. La silhouette spectrale demeura immobile. Tasia fit une seconde enjambée, puis une troisième, se rapprochant inexorablement de la jument.

Un hennissement retenu fit écho au crissement de la sixième foulée de Tasia. Elle posa le seau sur l'herbe givrée, puis recula prudemment. La jument se rapprocha du seau. Lorsque, en tendant l'encolure, elle put mettre son bout du nez dans le récipient, la jeune femme s'accroupit et la regarda boire, fascinée par sa déglutition régulière et tranquille. Le seau fini, la belle reprit sa pause hiératique, encadrant son chanfrein des volutes condensées de sa respiration régulière.

Dans la diffraction brumeuse, la jeune femme eut l'impression que l'étoile avait grossi. Supposant que la jument avait encore soif, elle entreprit donc de récupérer le récipient. Un étrange ballet s'engagea alors dans la prairie, la jument reculant tandis que Tasia avançait.

Lorsqu'elle proposa de l'eau pour la troisième fois, la jument ne daigna pas s'en approcher. Songeuse, Tasia retourna à sa longère.

⁂

Comme elle disposait dans son appentis d'un peu de foin pour ses lapins, Tasia décida le lendemain matin d'en apporter à la jument. La matinée était beaucoup plus douce et lumineuse que la veille. La jeune femme abandonna le duffle-coat, lui préférant un gros pull en laine qui entravait moins ses mouvements. Sous la mince couche de givre, l'herbe drue jaunie pointait et les brins révélaient par endroits des filets verdâtres annonçant l'approche du printemps. L'anse d'un seau d'eau dans la main gauche, un coussin de foin placé sous le bras droit, elle reprit le chemin de la prairie.

La jument l'attendait. Elle l'accueillit même avec un doux hennissement évoquant bien plus le contentement que ses trois notes habituelles. Tasia posa le seau, aéra le coussin de foin et le plaça à côté de l'abreuvoir improvisé avant de reculer. Sans attendre que la jeune femme ait achevé son retrait respectueux, la jument s'avança vers les offrandes. La jeune femme ne tenta pas de se rapprocher. Elle s'était soumise sans barguigner aux diktats de sa nouvelle compagne. Elle remarqua que la robe de la jument n'était pas unie : quelques poils bais apparaissaient autour de ses yeux et de ses naseaux, près du grasset également. Le changement de lumière lui avait fait perdre ses reflets bleus au profit d'une légère teinte fauve.

La jument buvait par à-coups, l'œil toujours fixé sur celle qui lui faisait face, relevait la tête, attentive à quelque bruit, puis replongeait dans le seau. Une fois rafraîchie, elle renifla le foin, mordilla quelques brins sans enthousiasme, tout en dardant avec insistance son regard fuligineux sur la jeune femme. Sans aucun mot, elle exprimait à la fois sa reconnaissance et son insatisfaction.

Il lui fallait autre chose. Tasia soupira.

— Tu m'en demandes beaucoup, tu sais ? lança-t-elle dans un murmure à la jument.

Elles se fixèrent quelques secondes, la jument poussa un hennissement bref et étouffé. La jeune femme retourna chez elle pour prendre les clés de sa voiture et endosser son duffle-coat.

Conduire avait été éprouvant. Assise derrière le volant de son véhicule sur le parking du centre équestre, Tasia tentait de réguler sa respiration. Le plus dur restait à faire. En cette matinée, l'activité du centre était réduite. Quelques rares personnes semblaient occupées à curer les boxes. Engoncée dans son manteau, les yeux irrésistiblement attirés par le sol, la jeune femme se dirigea vers l'un d'eux, un grand échalas à la démarche souple.

— Il me faudrait de quoi nourrir un cheval.

— Bonjour à vous aussi. Vous désirez ? répondit le jeune homme en se tournant vers Tasia. Elle piqua un fard. Recula. Enfonça la tête entre ses épaules, de façon à enfouir encore plus son visage au creux de sa capuche. Puis, finalement, s'obligea à franchir ce cap, sans pour autant lever les yeux vers son interlocuteur.

— Excusez-moi. Bonjour. J'ai un cheval chez moi actuellement. Ce n'était pas prévu. Pouvez-vous me fournir de quoi le nourrir ? souffla-t-elle.

— Des granulés ? Combien de rations vous faut-il ? demanda l'homme avec douceur après avoir constaté le trouble de la jeune femme.

Un silence pesant s'abattit entre eux. De toute évidence, elle n'avait pas envisagé les choses au-delà de la simple prise de contact.

— Ce n'est pas grave. Je suis désolée de vous avoir importuné, laissa tomber Tasia avant de faire brusquement demi-tour en direction de sa voiture.

— Attendez, mademoiselle ! Venez avec moi.

Le cavalier la conduisit dans une salle attenante aux écuries et, dans un seau, lui versa deux litres de granulés.

— Je ne sais pas si ça suffira mais, à défaut d'en savoir plus, c'est tout ce que je peux vous donner. Si votre cheval est habitué à être au pré, plus de deux litres pourrait lui nuire.

— Mer... Merci, bafouilla Tasia avant de littéralement s'enfuir.

Le jeune homme, interloqué, la regarda remonter en voiture et partir.

⁂

Elle se rendit le lendemain au centre équestre avant de descendre à l'herbage. Voyant arriver la voiture, le jeune homme se dirigea vers le silo et prépara un seau de deux litres de granulés. Avant même que la jeune femme lui ait demandé quoi que soit, il avait désigné de sa main libre le récipient vide qu'elle rapportait tout en mettant en évidence celui, plein, qu'il tenait dans l'autre main. Tasia avait renoncé à son duffle-coat, mais son front demeurait penché en avant, les yeux navigant sans cesse par crainte de se poser sur quoi que ce soit d'embarrassant. Elle rendit le seau et s'empara sans hâte de celui que lui tendait le jeune homme.

— Vous savez, je pourrais vous être plus utile si j'avais plus d'informations. Est-ce un cheval de pré ? Quel âge a-t-il ? Fait-il de la fourbure ? (Aucune réponse.) À moins que... Vous n'en savez rien. Vous avez besoin d'aide ? Voulez-vous que je passe ?

Tasia en eut le souffle coupé. Un gouffre s'ouvrit sous elle au moment même où elle envisageait la possibilité de laisser quelqu'un franchir les murailles de sa vie. Les parois des écuries, le sol, l'air autour d'elle perdirent leur consistance pour donner naissance à un maelström de formes et de couleurs. Elle craignit même un instant de s'effondrer là, sur l'allée bétonnée parsemée de paille qui menait aux boxes. Et puis, lentement, les contours des objets se redessinèrent, les couleurs reprirent leurs places et l'univers qui l'entourait redevint cohérent. Elle leva les yeux jusqu'au torse de son interlocuteur.

— J'habite la longère rose au nord de Torcy, le long de la route du Mans, souffla-t-elle d'un trait. Passez quand vous voulez.

Sans lui laisser le temps de répondre, Tasia fit demi-tour, s'engouffra dans sa voiture et rentra chez elle.

Elle venait de déposer le seau de granulés à côté de l'eau. Désormais, elle n'était plus qu'à cinq mètres de la jument. Elle pouvait lire dans ses yeux une certaine prudence mais aussi une soif de confiance. À cette distance, elle se rendait compte que la jument n'était pas aussi en forme qu'elle l'avait cru. Le poil, usé ou collé par endroits, était plus terne que dans son souvenir. Un épi de crinière s'était rebellé et avait propulsé une mèche de crin hirsute de l'autre côté de l'encolure. Quelques brindilles paraient maintenant sa queue. Tasia sentait confusément que quelque chose n'allait pas, mais elle était dans l'incapacité d'interpréter les signes qu'elle percevait.

⁂

Quand elle sortit, le jeune homme du centre équestre était déjà dans sa courette, les yeux rivés sur la jument qui trottinait péniblement au fond de l'herbage. Tasia ressentit un bref instant de panique, mais le jeune homme se retournait déjà vers elle.

— Bonjour. C'est pour elle ? demanda-t-il en désignant du menton le point noir au loin.

— Bonjour. Oui, c'est pour elle. Et avant que vous ne le demandiez, je ne sais pas d'où elle vient.

Le jeune homme la regarda un instant, dubitatif.

— Bon, allons la voir, alors.

Il ouvrit le coffre de sa voiture pour s'emparer du seau de granulés, puis attendit l'assentiment de la jeune femme pour s'engager dans l'herbage.

— Au fait, je m'appelle Christophe.

— Tasia, répondit-elle d'une voix étouffée.

Elle s'arrêta à trois mètres de la jument, au moment même où celle-ci reculait. Elle déposa le seau d'eau, tandis que Christophe posait à côté les granulés. La jeune femme, prise dans sa routine, recula sans rien dire et la jument s'approcha de la nourriture à la même cadence. Christophe, qui n'avait pas bougé, put caresser l'animal. Ce geste, anodin en soi, provoqua une angoisse inavouable chez Tasia. Elle ferma les yeux, se coupa un moment du monde. Seule. Le silence, juste souligné par le murmure roulant de la mastication de la jument. Puis la voix de Christophe brisa sa bulle :

— Elle est plutôt docile. (Une main posée sur le bas du chanfrein, juste au-dessus des naseaux, il lui caressait l'encolure de l'autre. Avec le pouce de sa main posée sur sa tête, il souleva délicatement sa lèvre pour examiner ses dents.) Elle a huit ou neuf ans. (Se positionnant à côté de son épaule, tournant le dos à Tasia qui faisait face à la jument, il poussa de sa propre épaule celle de l'animal tout en s'emparant de son canon ; la jument lui donna son pied.) Elle n'est pas ferrée, mais ses sabots sont parés. Ils ont besoin d'être graissés, j'apporterai ce qu'il faut demain.

Christophe reposa le pied de la jument et pivota vers la jeune femme. Relevant lentement la tête, elle finit par lever les yeux, jusqu'à croiser les siens.

— Vous auriez dû venir me voir plus tôt, ajouta-t-il. Elle n'est pas très en forme. Un vermifuge s'impose. Elle a de petites croûtes ; c'est peut-être un reste de teigne. Il faut vérifier ça.

— Vous allez la prendre ? demanda trop rapidement Tasia.

— Non. Pourquoi voudriez-vous que je fasse une chose pareille ? Personne n'a signalé une jument perdue dans les environs. Alors, pour l'instant, elle est aussi bien ici qu'ailleurs. Mais il va falloir la nourrir un peu plus pour qu'elle se remplume.

⁂

Christophe revint ainsi plusieurs jours. Les deux premières fois, la jument trottinait encore un peu à leur approche. Par la suite, elle ne fit plus que marcher. Tasia put s'approcher au plus près d'elle mais ne pouvait pas la toucher. Dès qu'elle tendait la main, la jument renâclait puis reculait sans empressement, mais avec un entêtement infatigable. Cela ne l'inquiétait pas outre mesure. Tous les jours, elle regardait avec attention Christophe appliquer les soins à la jument dont la robe prenait clairement une teinte noir pangaré désormais. Le garçon, tout en douceur, y mettait son cœur et son expérience, mais la jument dépérissait malgré tout de jour en jour.

Christophe passait de plus en plus de temps, chaque matin, aux côtés de Tasia et de sa jument. La jeune femme, enfin, le regardait sans crainte. Elle appréciait ce qu'il faisait pour elle et, étrangement, se sentait responsable de son dérangement. De temps en temps, une fois les soins terminés, ils partageaient un café dans la courette, sans un mot, les yeux rivés sur cette jument dont les naseaux ne quittaient presque plus le sol désormais, même au cours de ses rares déplacements.

Un matin brumeux, tandis qu'ils descendaient l'un à côté de l'autre vers le bas de l'herbage, Christophe se rendit compte que la jument était couchée dans l'herbe humide de rosée. À leur approche, elle se mit difficilement debout et, légèrement boiteuse, s'avança à leur rencontre. Des poils blancs avaient fait leur apparition autour de ses yeux et de ses naseaux, ses salières s'étaient creusées, une certaine raideur gansait tous ses mouvements.

Si Christophe ne l'avait pas vue auparavant, il aurait juré qu'elle avait près de vingt ans. Il soupira, perplexe, caressa l'encolure de la jument de sa main droite, tandis qu'elle enfonçait son chanfrein dans le creux de son épaule gauche pour y trouver un appui, un réconfort. Elle souffla trois notes souffreteuses, éloignées du hennissement altier qu'elle avait eu par le passé. Pour la première fois, elle laissa Tasia la toucher. La jeune femme la caressa avec retenue, puis l'embrassa juste au-dessus des naseaux, à la base de cette liste bordée qui avait progressivement remplacé l'étoile en tête, tandis que des larmes perlaient sous ses yeux.

Elle participa aux soins en compagnie de Christophe. Elle l'avait vu si souvent faire qu'elle connaissait les gestes. Une plénitude nouvelle, une sorte de sérénité inconnue l'envahit ce matin-là.

⁂

Comme tous les matins, elle ouvrit ses volets. Ses bras retombèrent le long de son corps, inertes, tandis qu'elle observait la prairie, blanche et vide, étendue sous sa fenêtre. Une forme de panique s'empara de son visage : ses yeux clignèrent plusieurs fois, quelques tics musculaires agitèrent ses traits endormis. Puis cette sérénité nouvelle reprit ses droits et s'installa en elle. Elle reprit sa routine.

Elle était déjà devant sa longère lorsque Christophe arriva. Il s'approcha d'elle, un sourire timide aux lèvres.

— Bonjour, Tasia. Vous allez bien ?

Tasia pivota vers lui, le regard clair.

— Bonjour. Ça va. Et c'est Anastasia, répondit-elle. Mon prénom est Anastasia. Mais tu peux continuer à m'appeler Tasia si tu préfères. Et tutoie-moi, s'il te plaît, j'en ai besoin.

— Un souci ? demanda Christophe

— Non, pas vraiment..., conclut-elle après un instant de réflexion. La jument a disparu.

— Comment ? Tu as prévenu la gendarmerie ?

— Non... Ça n'a plus d'importance, maintenant.

Anastasia se tut. Dans le silence qui s'installa, l'air entre eux prit une épaisseur inattendue, inconfortable. Christophe ressentit l'indécision de la jeune femme qui ferma lentement les yeux, inspira une grande bouffée d'air frais, puis lança, avec plus de tension qu'elle ne l'aurait voulu :

— Dis-moi, Christophe, ça te dirait de manger un soir avec moi ?

— Oui… Oui, avec plaisir, Anastasia ! finit par dire Christophe, surpris. Quand ?

— Quand tu veux. Ce soir ?

— Super.

Après un court instant inconfortable, Christophe indiqua sa voiture de la main.

— Bon, à ce soir alors. Je vais y aller, j'ai pas mal de choses à faire.

Anastasia lui sourit.

— Dire qu'on ne sait même pas comment elle s'appelait, soupira Christophe en partant.

— Je sais, moi, quel était son nom…

Il s'arrêta et pivota vers elle, bien plus étonné par l'assurance de la jeune femme que par sa déclaration.

— Comment ?

— Elle s'appelait Nightmare.

Tête de mule

Marc Lepage

Elle s'est plantée devant moi. Une minute, non, trente secondes, bon enfin un petit temps, quoi, elle a juste dit : « Il paraît que t'es une vraie tête de mule, toi. » Et elle m'a claqué direct un gros baiser sur la bouche. C'était la première fille qui m'embrassait comme ça. Je me suis dit tout simplement : « Prends, ça peut pas faire de mal. » Je l'avais aperçue de loin, le paysage est dégagé ici. C'est pas les deux pauvres arbres d'Hector qui empiètent sur la ligne d'horizon. De toute façon, le seul chemin qu'elle pouvait prendre avec sa deux-chevaux orange et rose est au bout de la prairie, enfin, du côté où y a pas les arbres. Dans le silence habituel, la succession de bruits m'a paru étrange : dernier toussotement d'un moteur qui s'arrête, portière qui s'ouvre en grinçant puis qui claque en faisant résonner la voiture comme un gong cassé.

Un pull de couleur quelconque, qu'elle n'aurait jamais pu fourguer même dans une brocante, n'arrivait pas à effacer la ligne de sa silhouette encore adolescente. Sa frimousse redonnait de l'éclat au soleil trop pâle du matin. Elle était vraiment jolie. Et il y avait un sourire sur ce visage-là, comme je n'en avais pas vu depuis longtemps, en fait, comme je n'avais plus envie d'en voir depuis longtemps. Emporté par l'étrange apparition de la donzelle, je ne me suis même pas demandé ce qu'elle venait faire là. Elle n'appartenait pas au monde des coincés de la raie que je fréquentais avant. Ça se voyait tout de suite rien qu'à sa queue-de-cheval. Mais elle ne ressemblait pas non plus aux campagnardes du coin. Je me suis dit en la voyant approcher que je n'allais pas regretter cette rencontre. Au bout du compte, je n'ai pas regretté.

Ça faisait près de deux mois que j'avais atterri dans ce trou. Et autant de temps que je n'avais croisé personne d'autre qu'Hector. Mine de rien, au fond de moi, ça commençait à faire long, même si c'était l'endroit idéal pour me permettre de vivre pleinement et tranquillement ma déprime. C'est pas qu'il était chiant, Hector, mais c'était le bon bouseux, le genre à pas pouvoir parler d'autre chose que de ses champs, de ses arbres et du temps qu'il fera demain. Les premiers jours, ça m'avait un peu apaisé, je l'avoue. C'est l'effet cambrousse ça. On vit dans un univers où le stress se balade tellement en liberté qu'on ne le remarque même plus. Alors quand on arrive au calme... Mais cet état de grâce ne dure pas. Hector, que j'avais trouvé, malgré moi, drôle en débarquant, avait fini par m'ennuyer avant que je ne commence tranquillement à m'habituer à son mode de vie lancinant. Les conversations qui au début pouvaient être qualifiées de médiocres devenaient les questions essentielles de la vie, les seules qu'on a vraiment besoin de se poser, finalement. La campagne vous apprend au moins ça, c'est le second effet cambrousse, caché sous le premier. Hector avait cette faculté d'aller à cet essentiel qui faisait son quotidien : « T'as à bouffer, il pleut pas. Alors ? De quoi te plains-tu ? Tes bagnoles et tes speakers te manquent ? » Les speakers, pour Hector, c'étaient des haut-parleurs.

Pour éviter de trop longues soirées, les échanges avec mon compagnon tournant vite en rond, je lui avais parlé de ma vie d'avant. Mais le pauvre mélangeait tout. Il m'avait dit avec une fierté qui ne pouvait appartenir qu'à lui que son plus grand voyage avait été l'autre bout du village, à cinq kilomètres, un périple ! Alors c'est sûr que quand j'évoquais les caisses de luxe, les poulettes fringuées sur des talons et parfumées comme des chiottes, les tribunes qui hurlent ton nom, il était un peu paumé, le campagnard. Elle a débarqué au bon moment, la donzelle. Parce que, je crois que j'étais en train de me tâter pour savoir si je n'allais pas entamer une petite grève de la faim, histoire d'en finir. Ma vie d'avant, je commençais à la radoter tous les soirs à Hector, comme pour me convaincre que ça ne valait plus le coup de continuer. Je ne sais pas pourquoi je ne lui avais pas encore parlé de ce jour où tout avait basculé. Mais ça n'avait pas d'importance, il s'en foutait, lui, mes monologues autobiographiques avaient le pouvoir de l'endormir debout ! Pourtant, j'en connaissais, j'en avais vécu des trucs pas banals, des histoires…

Notamment, la dernière, celle qui m'a valu cet exil. Me battre avec cet empaqueté qui croyait que j'allais plier parce qu'il tenait un nerf de bœuf. Une tête d'imbécile sur un corps d'idiot, je ne voyais pas d'autre façon de le décrire. Au début, il pensait qu'il allait pouvoir m'imposer sa loi, mais il a vite déchanté, le garçon. J'ai pas pour habitude de rester les deux pieds dans le même sabot. Avant la mémorable baston, il n'arrêtait pas de gueuler qu'il s'était fait rouler, qu'il n'avait pas acheté un étalon mais une vraie mule. La « mule », elle lui avait collé son sabot dans le bide, ça l'avait bien soulagée ! Lui, il n'avait pas vraiment apprécié.

Il ne pouvait s'en prendre qu'à lui-même, Guy ne lui avait pas menti. Il l'avait prévenu : « Entre nous, ne l'achetez pas, il ne veut plus en jouer, il faut qu'on le laisse en paix, il ne peut plus courir. » C'était vrai. Guy le savait bien, c'était le seul gars capable de lire dans mes pensées. Il me suffisait de le regarder et il me comprenait. Le seul jockey qui me donnait envie de me défoncer pour gagner. Il m'appelait « mon pote » ! Quand on courait ensemble, il avait juste à me glisser dans le creux de l'oreille : « On y va, mon pote ? » et on se tapait toujours un sprint encore plus mémorable que celui de la semaine d'avant. C'était bien d'avoir un pote. Mais l'autre nullard n'a pas voulu l'entendre. Il disait qu'il saurait me mater. Il n'a pas réussi et a fini, dégoûté et dépité, par m'envoyer chez Hector. Il aurait dû accepter la proposition de l'ancien propriétaire, à savoir engager Guy comme jockey.

« Je n'ai pas besoin d'un jockey, ce n'est pas le premier cheval que j'achète. » L'idiot.

Non, je ne voulais plus en jouer. Guy l'a su avant même que je ne le comprenne moi-même. Il m'a senti si triste, devant le box de départ dans lequel je ne pouvais pas entrer. Il est descendu, m'a regardé dans les yeux. Ce jour-là, je ne sais pas pourquoi, je ne le voyais pas aussi petit qu'à l'ordinaire. Il m'a dit : « Tu ne veux pas y aller, hein ? » J'ai baissé la tête. Une caresse. On est repartis vers les paddocks en marchant, l'un à côté de l'autre.

Une semaine avant, nous étions des idoles en devenir. De course en course, je m'affirmais. J'avais une rage de gagner qui me prenait de plus en plus fort à chaque départ. Sans vraiment savoir à quoi ça pouvait bien servir de terminer toujours premier, mais Guy et les propriétaires semblaient heureux, alors...

Jusqu'à cette course...

Ça se passait sur un hippodrome que je ne connaissais pas. Ce n'était pas important pour moi. L'arrivée est toujours au bout de la ligne droite. L'événement semblait important, l'ambiance était presque électrique. Je regardais autour de moi, il y avait beaucoup de monde, beaucoup de...

Je l'ai vue descendre de son van : un soleil avec un arc-en-ciel qui lui servait de châle. Sa robe brillait et dessinait dans l'air autour d'elle des volutes de couleurs féeriques. Nos regards se sont croisés, de loin, mais... Bref, le coup de foudre ! Guy tirait sur les rênes et avait toutes les peines du monde à me faire avancer. Je crois même que c'est moi qui le traînais vers elle. Bien sûr, il a tout de suite compris ce qui se passait.

— Tu la reverras, vous êtes dans la même course.

J'insistais. Et il m'a accordé un détour pour passer tout près d'elle. L'air dans mes naseaux est devenu caresse.

Si c'était à refaire, je crois quand même que je le referais. La vache, la ronflette que je me suis prise après ma connerie. Ils étaient tous autour de moi à gueuler comme des veaux. Guy essayait bien de me défendre, mais ses arguments ne pesaient pas lourd. Ce qu'ils me reprochaient, je m'en foutais complètement. À vrai dire, je m'en rappelais à peine. Pendant quelques instants, le monde autour de moi avait disparu. Il n'est jamais réapparu.

J'étais parti comme un boulet, histoire de faire mon frimeur. Son box de départ était assez proche du mien. La course était lancée. J'étais devant elle. Guy me glissait des « C'est bien » dans l'oreille mais, contrairement à d'habitude, je ne les entendais pas. Je voulais savoir où elle en était. Et puis je l'ai sentie, juste là, se rapprocher doucement à ma hauteur. J'étais à mon rythme, tranquille presque, je maîtrisais la situation tout en redoutant l'instant où Guy me demanderait d'accélérer. Et c'est alors que ce parfum que j'avais croisé près du manège et qui m'avait embarqué vers nulle part est venu me titiller l'odorat. C'était comme une demande délicate et timide : « Excusez-moi, je voudrais passer s'il vous plaît. »

Sur la cinquième haie, on a sauté ensemble, j'ai eu l'impression qu'on volait. Quelle que soit ma place dans une course, je la défendais toujours avec autant de hargne, mais, sur l'instant, j'ai cherché vainement une bonne raison de ne pas m'écarter. Je venais de rencontrer celle à qui je ne dirais jamais non. « Prématuré, comme réflexion, tu ne trouves pas ? » me dis-je. Je me suis entendu me répondre instantanément : « Non, c'est vraiment elle. » J'ai ralenti un peu, je l'ai laissée me dépasser et me suis donc retrouvé juste derrière elle. Sa croupe qui ondulait comme les branches des arbres dans la brise m'a tourné les sens. Son parfum m'enrobait et je me sentais des ailes. Je ne savais pas si je devais continuer à faire le beau frimeur ou si le poli timide qui sommeillait en moi devait prendre les rênes. J'ai fermé les yeux pour m'imaginer seul avec elle. C'est à ce moment-là que le monde a disparu. Plus de bruits, plus de souffles courts, plus de cris idiots de parieurs qui pensent que ça nous fait avancer plus vite. Juste l'envie d'autre chose qui prend au ventre. Juste le désir d'un ailleurs, d'un temps suspendu…

Et là, comme un benêt, je me suis encastré tout droit dans la haie suivante. J'ai parfaitement exécuté une pirouette avec salto avant pour finir sur une très vilaine figure, les quatre fers en l'air. Je me suis relevé tout de suite. Elle ne s'était même pas retournée. Elle était déjà trop loin.

Il n'y avait pas besoin de me mettre un bonnet d'âne, j'en avais la dégaine tout naturellement. « Vraiment, quel… ! » Je me suis dit qu'il valait mieux rentrer sans en rajouter. Je suis reparti doucement dans la direction vers laquelle elle s'était éloignée, vers l'arrivée, en rigolant de ma connerie. Guy, couvert de terre, me courait après avec l'air d'un gosse furieux qui a été poussé dans la boue et va se faire engueuler par sa mère alors qu'il n'y est pour rien. Ça hurlait tout autour de moi, mais je n'y prêtais pas la moindre attention. Je me demandais si elle avait gagné. J'imaginais qu'à notre prochaine rencontre elle ne manquerait pas de me rappeler, en s'en moquant gentiment bien sûr, l'anecdote de la haie fatidique. J'ai souri en pensant que je n'aurais pas d'autre choix que l'attitude du poli timide.

Cent cinquante mètres plus loin, j'ai su brusquement que ce moment n'existerait jamais autrement que dans mes rêves. Derrière la dernière haie, l'attroupement autour de son corps allongé sur l'herbe a aspiré instantanément mon envie de vivre. Le temps s'était figé et avait décidé de m'abandonner sur place, englué dans l'angoisse, pétrifié dans l'instant horrible.

Sans le temps qui passe, que devient-on ?

— C'est le huit qui l'a fait tomber. Vous avez intérêt à déposer une réclamation.

Des cris. Deux jockeys dont personne ne s'occupe et qui, ridicules, se battent comme des enfants.

— Appelez le véto, c'est urgent.

— Le vétérinaire, bordel ! Appelez le vétérinaire !

Elle a essayé de se relever, un hennissement qui taille les veines, et elle est retombée à terre.

J'ai voulu m'approcher d'elle, mais Guy m'a chopé avant que je puisse faire un pas.

— Allez, viens, abruti.

Il était encore furieux de ma bévue, mais sa colère est retombée instantanément quand il a vu ce qui m'avait arrêté. Il a posé sa main sur moi et m'a dit presque tendrement : « Tu ne peux rien faire, viens. » Je l'ai suivi. Le claquement du coup de feu qui a déchiré l'air quelques minutes plus tard m'a arraché le cœur. Et sans cœur il n'y a plus d'envies…

Finalement, j'ai raconté cette histoire à Hector. Tout triste et compatissant, il s'est approché de moi et a posé sa grosse tête contre la mienne. Il était lourd, l'animal, mais ça n'avait pas d'importance. Un autre effet cambrousse : quand on devient vraiment amis, y a pas d'hypocrisie.

Collé contre mon gros, je me suis rappelé cet enfant qui, passant devant mon box, avait demandé en me regardant : « Maman, est-ce que ça pleure un cheval ? »

Aujourd'hui, j'ai la réponse.

Comme tous les matins depuis un mois, la deux-pattes dérange le silence des bourdonnements ambiants. Quand le moteur s'arrête, toujours avec le même toussotement ridicule, ils semblent être partis bourdonner plus loin. Hector ne sort de son état éphémère de statue que lorsqu'ils réapparaissent dans son oreille, rassurants. Les yeux encore plus ronds qu'à l'ordinaire, il est drôle, il ressemble à une vache qui vient de voir passer un train. J'aime ce moment de la journée, quand on part tous les deux, avec Inès, à travers les couleurs des champs, sous les arbres des bois environnants. J'ai parfois l'impression de retrouver les sensations que j'avais connues quand je courais avec Guy. Elle a la même façon douce et tranquille de me demander que « mon pote » avait. Comme si elle savait d'avance qu'avec ma tête de mule je n'obéis pas, j'offre. Au fil des jours, elle me donne envie de… continuer.

Mais, aujourd'hui, à la vue du van accroché derrière la boule orange et rose, je sens que je ne vais pas aller me balader comme d'habitude. Je crains un peu qu'il ne me faille monter dedans. Le van lui-même semble avoir peur d'être traîné par la deux-pattes d'Inès. Elle claque la portière, elle n'a toujours pas réussi à fourguer son pull dans une brocante. Pour la première fois, elle n'est pas seule. Le type qui l'accompagne ressemble, de loin, presque à un nain. Il ressemble à… C'est Guy.

Je le regarde approcher avec sa démarche de mini-cow-boy. Mes yeux se remplissent d'émotion, un peu.

Il se plante devant moi avec un grand sourire, me raconte des trucs que je ne pige pas. Guy sait déchiffrer la plupart de mes pensées dans mes yeux, mais n'a jamais compris que l'inverse n'était pas vrai. Combien de fois ai-je essayé de lui faire capter ça ? Il me parle de propriétaire, que j'appartiens à sa fille maintenant, qu'elle a fait des pieds et des mains pour convaincre le « Nullard » de me revendre. Bref, je ne comprends rien. Sauf…

— Alors, mon pote, on y retourne ?

Je penche la tête, surpris.

— Tous les deux, toi et moi.

Le père et la fille attendent ma réponse. Les deux ont le même regard. Je saisis maintenant. Tous les jours, au cours de la balade, Inès me stoppait devant un muret, en me disant : « Quand tu voudras. »

Est-ce que je veux ? Je m'étais juré que je ne sauterais plus jamais une haie. Hector s'approche. En bon percheron, entre deux bourdonnements qui font vibrer ses oreilles, il dit simplement :

— Où y a des speakers, c'est là qu'est ta vie, non ?

*Foehn Ier*

Jean Pouëssel

L'Homme descendit péniblement du car qui relie chaque matin Romorantin-Lanthenay à l'Argentière. Le chauffeur lui tendit sa valise, retourna à son siège et démarra. L'Homme regarda le véhicule s'éloigner puis resta un long moment sur le bord de la route appuyé sur une canne en merisier au pommeau de fer-blanc qui semblait bien fragile pour son corps devenu pesant. Le nez palpitant sous les senteurs de la végétation, il fixa, de l'autre côté de la chaussée, la masse sombre des arbres qui exhalait ses dernières fraîcheurs avant l'arrivée imminente du soleil. Puis il se redressa, ramassa sa valise et commença à marcher lentement, avec précaution, prenant soin de tous les membres de son corps. Un chemin à droite annonça rapidement l'auberge du Haras. Il l'emprunta pour arriver, une centaine de mètres plus loin, devant un bâtiment blanc de petite taille flanqué de deux dépendances qui servaient de remise et de garage. Il inspira une grande bouffée d'air, poussa la porte vitrée et demanda sa chambre.

⁂

Chaque matin, peu après sept heures trente, une petite file de cavaliers progressant au pas faisait résonner le chemin de terre, dans un beau bruit de sabots impatients et de hennissements frémissants, donnant ainsi à la nature environnante le départ de la journée. La troupe coupait ensuite la départementale pour rejoindre la forêt, qui permettait dans ses vastes allées des galops étourdissants.

Et chaque jour, peu après sept heures trente, l'Homme ouvrait la fenêtre de sa chambre, laissait dépasser son buste et regardait dans un sourire figé les cavaliers s'avancer. Il détaillait un à un les chevaux avec un air connaisseur dans lequel semblait toutefois percer comme une pointe de morgue. Lorsqu'il était d'humeur agréable, il répondait aux saluts des gens à cheval en levant sa canne au-dessus de la tête mais, le plus souvent, il se contentait d'un mouvement du menton en guise de réponse. Une fois la troupe passée, il restait encore un court instant appuyé à la rambarde, l'oreille tendue, pour saisir l'écho des sabots qui se perdait sous la frondaison, puis il descendait dans la grande salle de l'auberge, prenait un solide petit déjeuner composé de charcuteries et de fromages et sortait pour s'enfoncer vers les allées perdues.

Il marchait lentement, à petits pas, à l'écoute de son corps, transpirant légèrement sous les chandails qui se superposaient et quand, enfin, il parvenait au chêne, il se laissait tomber à son pied avec soulagement, le dos calé contre le tronc rugueux pour assister au spectacle.

Une piste ovale en bonne terre grasse d'une dizaine de mètres de large environ et d'une longueur de deux mille mètres déroulait ses parallèles et ses courbes. Là, bien calé, il attendait. Un petit grondement, tout d'abord, qui allait s'amplifiant, une onde menaçante, puis un tremblement et enfin les quatre ou cinq chevaux poussés au maximum passaient en trombe devant lui, faisant voleter la terre. Il adorait ce moment de chaos et de grâce. Qu'y a-t-il de plus beau qu'un pur-sang lancé au galop ? Il ne lui était pas rare, à la vue de ce spectacle, de tenir des rênes imaginaires et de faire la course. Son corps frémissant se courbait, puis se redressait au rythme du cheval. Sa cravache tournoyait puis s'abattait sur le flanc de l'animal imaginaire l'exhortant à donner tout ce qu'il pouvait et plus encore.

Si ce fichu corps n'avait pas flanché, il serait encore présent sur les champs de courses, aimait-il à penser quand il était optimiste. Il avait toujours ça dans le sang. « L'Œil » : voilà comme on le surnommait dans le milieu, car rien ne lui échappait quand il s'agissait de chevaux et de terrains. Ainsi, d'autres que lui n'auraient pas remarqué l'imperceptible montée qui se présentait après le premier virage, là-bas à droite. Il savait que ce petit relief constituait la principale difficulté du parcours. Là se jouait la course et là se perdait la course. Après deux ou trois heures passées à regarder courir les champions, il se relevait, le corps endolori, reprenait sa canne et rebroussait chemin. L'après-midi, il reproduisait la séquence de la matinée, appuyé contre son arbre jusqu'au dernier passage des chevaux. Ensuite, il rejoignait son hôtel, dînait très tôt et s'endormait en pensant au jour d'après.

Trois semaines s'étaient écoulées et le rituel que s'était imposé l'Homme n'avait pas varié, quel que fût le temps ou son état de fatigue. Ernesto, le patron de l'auberge, homme loquace s'il en est, n'avait rien pu tirer de son étrange locataire. Chaque tentative pour en savoir un peu plus sur l'Homme était vouée à l'échec. Amorcer une conversation, même anodine, se révélait une affaire compliquée tant l'Homme avait le don de fermer le dialogue. Tout juste Ernesto put-il apprendre que l'Homme n'était jamais venu à l'Argentière et qu'il vouait une passion aux chevaux. Alors, faute de combattants, Ernesto avait laissé son hôte en paix et s'était contenté de le servir en silence.

Un jour, alors que le printemps était désormais solidement ancré, l'Homme décida que le moment était venu. Nu dans sa chambre devant la grande glace insérée dans la porte de la monumentale armoire, il parcourut son corps du regard, recensant toutes les blessures causées par ses chutes en course. Il pouvait en compter dix-neuf. Il avait exclu de cet inventaire les foulures, les luxations et les torsions pour ne garder que les fractures, les bris et les arrachages. Six dents cassées, une mâchoire brisée par deux fois, le coude, les côtes, le bassin, les jambes... Du plus petit au plus grand, à peu près tous les os de son corps portaient les stigmates de ses chutes.

Ses membres ne formaient plus qu'un amas de jointures désarticulées et de muscles vieillis avant l'âge. Ce corps grinçant, vidé de son énergie, n'avançait plus qu'au rythme d'une vieille barque chargée, descendant sans retour une rivière aux rivages désolés.

Il sentit alors une vive douleur lui vriller l'intérieur du crâne. Il fut contraint de s'asseoir et, illusoirement, se tint la tête entre les mains pour faire cesser la blessure. Là était la vraie, la grande blessure, celle qui ne disparaîtrait jamais. Dans ce crâne, le sang tapait plus durement que dans toutes les blessures réunies de son corps.

Il se leva, se passa la main sur le visage pour chasser l'intense lassitude qui semblait vouloir l'envahir. Il décida de s'habiller, et quand, enfin, il termina de nouer sa cravate de laine noire et d'ajuster les pans de sa veste en velours, il entrevit la terrible noirceur qui faisait luire son regard.

Alors il retira son petit sac à dos de l'armoire, saisit sa canne et referma la porte derrière lui.

Le haras n'était pas très loin de l'auberge mais il mit une trentaine de minutes pour y arriver. Une grande animation y régnait. Des palefreniers s'affairaient dans les boxes et il pouvait entendre les chevaux piaffer et jouer du sabot. L'air était chargé de l'odeur du foin et du crottin, et ces odeurs familières lui firent tourner la tête. Un court instant, il ressentit une bouffée de nostalgie, mais il se ressaisit aussitôt. Il parcourut le domaine tranquillement, sans que personne ne lui demande rien. Les visiteurs n'y étaient pas rares : acheteurs, propriétaires, familles. Il rendit quelques saluts à des jeunes qu'il avait vus passer à cheval le matin au pied de l'auberge.

Il savait ce qu'il cherchait et tout son être était concentré sur cet objectif. Pourtant, après avoir fureté partout, visité un à un tous les boxes et pénétré dans toutes les dépendances, il se résigna à questionner une jeune fille blonde qui tenait la longe d'un cheval bai-brun aux oreilles vives.

— Bonjour, je cherche l'un de vos pensionnaires, Foehn Ier, dit-il en s'appuyant sur sa canne.

Elle héla un autre jeune homme aux bottes crottées qui transportait une pile impressionnante de bombes.

— Ça te dit quelque chose, Foehn Ier ?

Il hésita un instant puis, du menton, désigna une petite bâtisse au loin. L'Homme les remercia et prit la direction indiquée tout en pestant contre le manque de culture de ces jeunes. À mesure qu'il approchait du bâtiment, il sentait son cœur palpiter et ses mains devenir moites. Un peu avant l'écurie, il marqua un temps d'arrêt et crut défaillir. Il sortit fébrilement une petite boîte de la poche de sa veste et ingurgita une pilule contre ses faiblesses cardiaques. Puis il se remit en marche dans ce qui ressemblait désormais à un chemin de croix.

Il entra, épuisé, dans le bâtiment en inspirant tout l'air que ses poumons pouvaient accepter. L'endroit était exigu et le silence y régnait. Il s'arrêta. Pas un habitant ne renâclait, aucun bruit de sabot ne se faisait entendre...

Quatre boxes se succédaient sur le côté droit. Il s'approcha. Les trois premiers étaient vides. Il frémit en se portant devant le dernier. Une plaque en contreplaqué était apposée sur la porte : le nom de Foehn Ier y était inscrit d'une écriture ample.

Mais l'animal n'était pas là. Il ressortit et contourna l'écurie. Derrière s'étendait au creux d'un vallon aux courbes douces une coulée verte constituée de champs cultivés, de prés et de bosquets. Près de l'un d'eux, il vit se déplacer une masse sombre. L'Homme plissa les yeux pour ajuster son regard.

— Enfant de salaud ! ne put-il s'empêcher de lâcher, la lèvre tremblante.

Il venait de reconnaître Foehn Ier, qui avançait au pas, l'épaule puissante et majestueuse, droit comme s'il était à la parade, fier de lui. L'Homme dut s'asseoir à même l'herbe pour évacuer la tension.

— Ma Némésis ! Ma Némésis ! Enfin je te retrouve, ne cessait-il de chuchoter sans cesser de fixer l'animal qui avançait au loin.

Il se releva et s'approcha de l'enclos électrifié dans lequel se trouvait Foehn Ier.

Ce dernier ne semblait pas s'être rendu compte de la présence de l'Homme. Mais cela n'était qu'une des manifestations du caractère de l'animal : Foehn Ier était le cheval le plus orgueilleux de sa génération. Il n'allait pas se laisser aller à porter de l'intérêt à l'une de ces pauvres créatures à deux pattes qui n'aiment rien tant que gesticuler en sa présence. Soudain, le cheval entendit un sifflement qui lui était familier. Il fut contraint de tourner la tête vers l'intrus. Était-ce possible ? Il entendit un deuxième sifflement. Pas de doute ! Il y avait une éternité que l'on n'avait pas sifflé cet air à son oreille. Cela ne pouvait être que l'Homme. Le cheval hennit brutalement pour signifier à l'intrus qu'il l'avait reconnu, puis il s'éloigna en trottant vers le fond du pré et disparut derrière un des bosquets, se soustrayant ainsi à la vue de l'Homme.

— Enfant de salaud, répéta l'Homme en longeant la clôture électrique pour se rapprocher du cheval.

Foehn Ier broutait paisiblement. L'Homme s'approcha avec une économie de mouvements pour ne pas effrayer l'animal. Il était toujours aussi splendide. De taille moyenne, sa robe noire lançait des éclats pourpres qui lui donnaient l'aspect d'un grand velours. Il n'avait plus les muscles saillants de sa jeunesse mais ses jambes et son poitrail laissaient percevoir toute l'énergie que le corps recelait encore.

— Me reconnais-tu ?

Les oreilles du cheval frémirent. Bien sûr qu'il le reconnaissait. Comment aurait-il pu oublier l'Homme ? Tant de fois cette voix lui avait commandé de faire des choses qu'il n'avait jamais aimé faire : galoper à la commande, sauter des obstacles sous les hurlements des spectateurs, passer des heures confiné dans un box…

L'Homme avait sorti de son sac une corde et une pomme rouge qu'il découpa en quartiers, puis il alla éteindre le courant de la barrière et se posta devant Foehn Ier.

— Regarde, mon vieux, dit l'Homme. Regarde !

L'Homme entreprit de se déshabiller lentement, ôtant tout ce qu'il portait. Totalement nu, il s'approcha encore du cheval, la corde dans une main et les quartiers de pomme dans l'autre.

— Regarde ce corps, l'animal. Il est laid, il est brisé, et c'est un peu ta faute. T'en souviens-tu ? Oh, tu n'es pas le seul responsable, je te l'accorde. Mais ça, dit-il en montrant sa jambe droite qui le faisait claudiquer, et ça surtout, dit-il encore en désignant sa tête… Ça vient de toi et seulement de toi.

Foehn Ier n'avait jamais su résister à l'attrait d'un quartier de pomme rouge. Il s'approcha de la main tendue.

L'Homme lui présenta le fruit et dans un même mouvement lui passa la corde autour de la tête. Foehn Ier avait bien senti la chose qui s'était coulée autour de lui et qui lui enserrait désormais le cou, mais la pomme était trop bonne. Il se contenta de placer ses yeux jaune doré dans ceux de l'Homme.

Alors, quand ce dernier se porta à son côté pour lui flatter le flanc, Foehn Ier n'y vit pas malice. Et lorsque, au prix d'un effort surhumain, l'Homme parvint à se hisser sur sa croupe, en y mettant toute l'énergie et la force qu'il possédait encore, Foehn Ier ne put que constater l'évidence : il s'était fait avoir. Il sentit le corps chaud de l'Homme se crisper sur son dos, empoigner sa crinière et taper vigoureusement ses talons contre ses flancs. Foehn Ier n'eut d'autre choix que de démarrer. L'Homme le dirigeait avec détermination et science. Foehn Ier reconnaissait bien là les manières un peu brutales qu'il pensait avoir oubliées pour toujours. Ils quittèrent l'enclos et se mirent à galoper dans la prairie. L'Homme hurlait en l'étreignant de ses genoux et le poussait, le poussait sans cesse. L'animal, les naseaux palpitants, l'écume naissante, se laissa amener vers la forêt.

Ils arrivèrent enfin devant l'entrée du champ de courses. Foehn Ier avait concédé à l'Homme le contrôle de son corps pendant une dizaine de minutes mais il était temps de rompre le pacte tacite. Il vira soudainement à gauche, quitta le chemin et s'enfonça, malgré les gestes de commande de son cavalier, dans la profondeur de la forêt. Foehn Ier accéléra. Il n'avait pas de concurrent devant lui pour le pousser et les cris de l'Homme ne servaient plus à le diriger. Seuls la volonté et les souvenirs de ce qu'il avait été l'entraînaient. Il était vieux et n'avait plus le galop de sa jeunesse, mais il avait conservé son expérience.

Il slaloma entre les arbres avec dextérité puis, d'un coup, pressentant l'obstacle, il s'arrêta brutalement devant une souche d'arbre en travers du passage, refusant la possibilité du saut. L'Homme, qui tenait le cheval par les talons et la crinière, passa par-dessus l'encolure et vint s'écraser au sol.

Foehn Ier fixa un instant le corps nu sur la mousse. Son échine fut parcourue d'un bref frisson, il poussa un léger hennissement et quitta les lieux en trottant.

⁂

La chambre de l'Homme était parfaitement rangée lorsque Ernesto y entra. Sur la table, un grand cahier d'écolier ouvert présentait d'innombrables coupures de presse qui avaient été collées avec soin. Ernesto savait que les mystères de l'Homme s'y trouvaient.

Tancrède de Castelnau avait été l'un des meilleurs jockeys de France. Au début des années 1990, il avait ramené d'Allemagne un cheval dont le père, Tiburce d'Orange, avait connu son heure de gloire sur les champs de courses européens. Foehn Ier devait son nom au vent qui souffle dans le Bade-Wurtemberg et qui excite les âmes au point, parfois, de les amener à la folie. Les jours de foehn, on repousse les opérations dans les hôpitaux et on renforce la sécurité dans les prisons.

Finalement, Foehn Ier devait, plus que tout autre cheval, porter son nom à merveille. Il fut le pur-sang le plus fantasque que le milieu hippique ait jamais connu en un quart de siècle. À tel point que, si tous devaient reconnaître son indéniable talent, il ne se trouva plus personne qui accepta de le monter.

À l'exception d'un homme : Tancrède de Castelnau. Tancrède travailla durement pour le remettre à niveau et le préparer à son grand retour en France. Ses efforts furent récompensés. Il gagna en une saison quatre courses du groupe 1, et trois de ses cinq courses à Longchamp.

Un article relatant le Grand Prix Madame 1991 attira particulièrement l'attention d'Ernesto. Ce jour-là, Tancrède, persuadé de tenir entre ses rênes le crack du siècle, montrait le visage de l'assurance et de la détermination. De toute sa carrière, il n'avait jamais connu si capricieux, si fantasque, si caractériel et si talentueux que Foehn Ier.

Sur la ligne de départ, Tancrède avait senti palpiter son cheval. Des naseaux à la croupe, Foehn Ier n'était qu'électricité. La sortie des stalles lui fut défavorable, et le premier tiers de la course médiocre, mais Tancrède ne montra aucune inquiétude ; il savait que son cheval n'était jamais aussi bon que lorsqu'il était à la poursuite de ses rivaux. Le défi de Foehn Ier ne consistait pas à répondre aux injonctions de son maître mais à ne laisser aucun autre cheval passer la ligne d'arrivée en premier. Avant-dernier de la course, il remonta un à un ses concurrents jusqu'à tenir tête au grand favori, Farouk d'Antibes. Les tribunes exultaient, le *mano a mano* faisait trembler les parieurs et les spectateurs.

À cent mètres de l'arrivée, Foehn Ier accéléra encore et gagna une encolure sur Farouk d'Antibes. À cinquante mètres, Tancrède sentit une grande chaleur l'envahir. Il était sur le point de gagner sa course la plus prestigieuse avec un cheval sur lequel personne ne voulait plus miser. Il était le plus grand jockey du monde parce que, en dépit de tout et de tous, il avait cru en sa monture…

À vingt mètres de l'arrivée, la course était faite. Foehn s'apprêtait à l'emporter avec une avance indiscutable quand survint le fait le plus singulier qu'on eût pu voir sur un champ de courses. Foehn stoppa net sa course, freinant des quatre fers avec une violence telle que Tancrède de Castelnau passa par-dessus lui et chuta lourdement sur l'herbe. Il eut encore le temps d'entendre passer la cavalcade de tous ses concurrents puis il sombra dans le coma.

La dernière page du cahier était écrite de la main de l'Homme. Ernesto eut un pincement au cœur en la lisant. Cette course avait détruit physiquement Tancrède de Castelnau, qui ne put jamais remonter sur un cheval. Des mois d'hôpital, de multiples opérations lui enlevèrent le peu d'énergie qui lui restait. Il y eut pire. On considéra cette course comme la plus ridicule jamais courue et Tancrède gagna l'infamante cravache de carton qui mit brutalement fin à sa carrière mais aussi à sa vie.

⁂

Tancrède fut enterré à l'Argentière. Ernesto, une fois par an, allait fleurir sa tombe. Il y avait déposé, dans un petit cadre de fer-blanc, la photo qu'il avait retrouvée dans la veste de l'Homme.

Tancrède de Castelnau, le bras levé, les pieds dressés sur ses étriers, le visage illuminé par un sourire franc, montait Foehn Ier dont les yeux jaune doré laissaient percer une étincelle narquoise.

Le Mélomane

Anne S. Giddey

Tes doigts s'enfoncent dans les touches souples du piano. Tu caresses le *do*, piétines un bémol. Au petit trot, tu rôdes. Trois foulées de galop, déliées, avant de retomber au pas. Flagrant délit de vagabondage sur ton Steinway – nom officiel auquel tu préfères l'original allemand : Steinweg –, au sein des quatre-vingt-huit fréquences musicales de ses cordes tendues, va-nu-pieds tu es, va-nu-pieds tu seras toujours, seule, sur ce chemin de pierres blanches et de charbon.

Cadence sourde, les sabots martèlent la terre meuble de cette journée de printemps, lui arrachant un peu de sa boue pour l'envoyer gicler dans les airs. Le galop est soutenu, le long d'une belle allée cavalière. Je m'autorise à prendre les rênes d'une main pour me pencher vers l'avant, la joue contre sa sueur, et flatter d'une claque joyeuse l'encolure de mon Holsteiner. J'observe la merveilleuse mécanique de ses muscles puissants. Toutes mes guerres, à cet instant précis, je les gagne. Détachée de la terre, libre et légère, tant qu'un cheval m'emporte loin des mondes qui vacillent, du cliquetis de l'obturateur déclenché par une main tardivement vieillie, qui sait déjà qu'à l'achèvement de cette longue jeunesse la mort la fauchera précipitamment.

Ton piano, tu as l'habitude de dire de lui qu'il est lucide, probablement une manière détournée d'évoquer ta propre clairvoyance, cette abnégation héroïque qui t'a gardée en vie et en joie, alors qu'un vent trop proche rabattait vers toi les relents de gaz des plaines de l'Est, et que ta mère, tes frères, ta sœur et tes oncles, tous y laissaient leur peau. Aujourd'hui, étonnamment, la rencontre du cheval Holsteiner et du piano Steinweg se terminera mal, du moins pour l'un des protagonistes de l'histoire, tout en n'étant qu'un déclic, un seuil qui, une fois franchi, mènera à une altération des temps bien plus vaste. Le point de fusion d'une époque est près d'être atteint, en une foulée.

Ta maison, je l'aperçois de loin, une bâtisse un peu en retrait de l'allée cavalière, blottie sous les lourdes branches d'un chêne. À cette distance, rien ne s'en échappe, les mélodies qui sourdent de tes doigts se perdent dans l'écho de la chevauchée et les vociférations du vent. Dans la pièce claire où tu te trouves, tout est nuance, des harmonies au feutre des marteaux, des cordes frappées à l'étouffoir qui en jugule la vibration, le piano est en équilibre. Le cheval aussi. Un, deux, trois ; et vole. Un, deux, trois ; envol. Mais la belle mécanique a un défaut. Et tout bascule brutalement, un frémissement parcourt mon Holsteiner, un frisson qui s'éternise le long de son échine. J'ai juste le temps de retenir, comme dans un rêve, l'image du mouvement frénétique de ses oreilles au moment où quelques mesures de la danse hongroise s'imposent à lui, semblent l'entraver. Si les cordes d'acier de l'instrument s'étaient enroulées autour de ses membres, avaient fait plier ses postérieurs, il ne se serait pas arrêté autrement. D'un bloc ; et mon corps, un pantin qui se disloque. À l'instant de la chute, alors que tu entends mon cri, les touches se fossilisent sous tes doigts, l'ivoire et l'ébène retrouvent leur nature première, un piano, ce n'est pas autre chose que de l'os et du bois.

⁂

À cinq ans, l'ombre qui me suivait trottinait allégrement dans mon dos. Je jouais avec elle comme deux poulains s'ébattent dans les prés. Je pensais que ma mère était la placide jument alezane qui ruminait dans le parc et que je m'étais ébrouée, au matin de ma naissance, tout étonnée d'être déjà debout. Et si je pleurais, c'était le nez dans son abondante crinière, mes cheveux rêches s'y enchevêtrant, j'y cachais les larmes auxquelles aucun animal ne peut prétendre et qui n'étaient donc, pour moi, qu'aberration. Aujourd'hui, l'ombre ne me suit plus ; elle me précède. Lourde, endurante comme un cheval de trait, elle me traîne, me roule. Moi, le poids mort. Les écuries, je les renifle tous les jours, les épie de tous mes sens en éveil, embusquée dans l'appartement qui les surplombe. De là-haut, je reluque leurs moindres recoins et prête l'oreille à tous les bruits qui font leur âme, la fourche qui racle le sol des boxes pour y répartir la paille, l'étrille que les palefreniers frappent contre les murs pour en faire tomber la poussière après avoir énergiquement décrassé la robe des chevaux. Je flaire le métal incandescent, sachant que le fer se courbe alors aux sabots. Tout me revient à chaque bouffée, à chaque courant d'air qui m'amène des nouvelles du dessous, les gestes défilent dans ma tête, le pansage – brosse douce, brosse dure –, le nettoyage des cuirs – odeurs du savon et de la cire d'abeille. Et bien sûr les inévitables effluves de crottin, le foin et la sueur.

— Je les entends, tu sais, quand ils s'occupent de lui.

Tu acquiesces avant même de savoir, à moins que tu n'aies déjà deviné la suite.

— Ils l'appellent « le mélomane », sur un ton distingué, comme s'ils s'adressaient à un homme de goût. « Alors, le mélomane, que veux-tu écouter ce matin ? » J'entends ça tous les jours, au moment où les palefreniers allument la radio et zappent les fréquences à la mode jusqu'à trouver de la musique classique.

Tu me regardes religieusement en secouant la tête, dérangeant le bon agencement des boucles grises qui encadrent ton visage. Tu sais que mon irritation n'est pas près de se dissiper, d'ailleurs j'enchaîne :

— Dès que s'élève la mélodie d'un piano, ils peuvent tout lui faire, jamais il ne bouge. Il écoute. Qu'ils le bouchonnent vigoureusement, le shampouinent, lui fassent la crinière au peigne, sans ménagement : rien, rien ne peut le tirer de son recueillement musical !

Tu ne te sens pas coupable ; je ne t'en veux en rien. Nous sommes simplement liées par une distorsion, une seconde durant laquelle tu jouais du piano, au moment où je galopais devant ta maison sur le dos de ma nouvelle acquisition, un Holsteiner de quatre ans et demi gris pommelé. Bien avant les hommes, tu avais aimé un piano ; moi, un cheval. Immédiatement, nous en avions ressenti une réelle complicité. Au premier enterrement de ma vie, celui de mon grand-père, j'avais prié pour qu'il puisse garder une fenêtre ouverte sur le monde, juste pour regarder galoper un pur-sang. Aujourd'hui, tout m'est refusé, je ne suis plus qu'un appendice de l'écurie, chassée de son sein, maudite. Un jour d'été comme celui-ci, la sensation d'abandon est terrible. En bas, la cour ne désemplit pas. Flux et reflux des bêtes ; les conversations qui se nouent tout autour, les flirts et les passions. Au grand bal costumé des relations humaines, on danse aussi à l'ombre des chevaux. Bruyamment, des groupes quittent le cocon des écuries pour s'en aller galoper sous le soleil, ils en reviennent avec de nouvelles histoires plein la bouche alors que les mûres sauvages leur bleuissent la langue et les lèvres. En hiver, l'haleine des hommes et celle des bêtes se mêlent dans l'air, au-dessus du manège. D'où je suis, j'ai l'impression qu'elles se racontent de vieilles légendes indiennes, où la mélopée des chevaux est une magie puissante. Les écuries, j'en connais les saisons, la routine hebdomadaire comme les coutumes millénaires. J'en suis la pitoyable propriétaire, un héritage que j'avais ardemment souhaité et qui me ronge à présent de l'intérieur.

— Qu'est-ce qui t'empêche de descendre, de reprendre ta place dans ce monde ?

Une fois de plus, tu me poses cette question, la même très exactement, mot pour mot. Inlassablement, tu tentes ta chance, m'appelles à la mienne. Tu es comme les chamans qui entendent chanter les chevaux, tu crois aux rêves et aux symboles. Aux prophéties aussi. Mais, sans tenir compte de ton intrusion dans mon monologue, je poursuis mon fil de haine :

— Et quand quelqu'un le monte, le mot d'ordre est lancé : pas de musique, pas une note de musique ne doit filtrer jusqu'au manège !

Tu n'essaies même plus d'intervenir, tu ne fais qu'attendre la fin de mon interminable éructation.

— Parfois, ça me démange. Au moment où je vois un cavalier entrer dans la carrière avec le mélomane, j'insère le CD d'un pianiste quelconque dans ma chaîne hi-fi – si possible un très bon, un virtuose –, je tourne à fond la molette du volume et je reste figée à contempler rageusement la touche « play », espérant qu'elle s'enfonce d'elle-même et que le doigt du destin, par cette intervention sans équivoque, atteste mon droit à la vengeance tout en m'épargnant toute culpabilité. Je ne veux plus être la seule à souffrir.

Sur le béton de la cour résonne l'écho d'un cheval au pas, je jette un œil, sans pouvoir m'empêcher de penser que ce jeune incapable, qui attache son cheval à la poutre, n'a toujours pas compris comment on fait correctement un nœud.

— Ma seule consolation, c'est que personne ne pourra jamais l'emmener en compétition, donc remporter la moindre victoire sur son dos. Au-dehors, la musique est partout, c'est bien trop dangereux ! Et gagner, c'est au-dessus de tout. Jeune cavalière, je mettais le pied à l'étrier comme on signe un pacte qu'il faut renégocier à chaque pas, d'une simple pression des mollets, d'une sollicitation de la main qui se propage jusqu'au mors, un art de l'instant où l'homme et le cheval doivent constamment combler le fossé qui les sépare. De cette seule ambition est née une boulimie, je voulais exhiber mon savoir-faire devant la terre entière. Et quand je vois mon Holsteiner allonger puissamment son trot dans la diagonale, sans effort s'envoler, il me prend enfin l'envie de sourire, mais c'est l'expression du sarcasme, c'est en carnassière que j'éclate de rire. Ce cheval est un splendide iouet inutile !

Ma colère retombe, pour un temps seulement, c'est un incendie indomptable qui n'attend qu'un nouveau départ de feu pour me dévaster, m'engorger de fumées, d'une couche supplémentaire de suie, âcre et noire, et grasse. Il me semble que j'ai commencé à construire ma chute, un jour de printemps, l'année de mes quatorze ans. Je regardais mon père embrasser à pleine bouche sa nouvelle conquête, tous les deux enlacés à l'étroit sur le petit siège de la balançoire du jardin, ils n'avaient plus l'âge des jeux d'enfant, mais semblaient en avoir gardé le goût. Alors que je l'avais perdu à l'instant précis où cette femme était entrée dans nos vies.

J'en suis là dans mes pensées, quand tu te décides à prendre la parole :

— Mercredi, dans la forêt, je suis tombée sur quelque chose de particulier.

« Ah », c'est tout ce que je trouve pour t'encourager mollement à continuer.

— Dans une clairière, j'ai découvert une immense sphère en bois constituée de plusieurs anneaux imbriqués, comme celles que les anciens utilisaient pour représenter l'univers et le mouvement des planètes, tu vois ?

Je hoche la tête, j'en ai une vague idée, oui…

— Elle était tellement grande que je pouvais me promener à l'intérieur, tourner autour du soleil, me choisir une orbite. Je me suis amusée comme une môme jusqu'au moment où j'ai vu une profonde entaille dans l'un des cercles de bois, celui sur lequel étaient inscrits les jours et les mois. Je me suis alors…

Je t'entends sans t'écouter. Je suis retournée là-bas, dans l'année de mes quatorze ans. Chaque soir de ce printemps-là, j'ai limé l'une des cordes qui retenaient le siège de la balançoire de mon enfance. Juste un fil, puis un autre, et encore un…

— … myope comme je suis, il a fallu que je mette le nez dessus pour m'apercevoir que l'encoche avait été faite sur une date spécifique : le 8 août. À quoi tu penses ?

Je te regarde. Tu dois avoir dans les quatre-vingt-dix ans alors que j'atteins à peine la trentaine, tu es ma seule amie, la seule capable de supporter ma rage. C'est aujourd'hui que ton opiniâtreté à gaspiller tous tes samedis pour venir me tenir compagnie, sans jugement ni pitié, va avoir raison de ma cuirasse, les fissures se propagent à une vitesse effarante, je me fendille, me craquelle, comme un morceau de croûte terrestre victime d'un séisme. Et s'échappe des lézardes un flot de mots, de ceux dont on a tellement honte qu'on tente de les garder reclus à vie, jusqu'au jour où… Je te dis tout de ma jalousie d'adolescente quand l'autre était arrivée. Mon père, je l'avais toujours eu pour moi seule, ayant perdu ma mère très jeune. Au moment de te raconter la balançoire, je baisse la voix, ce secret ne doit parvenir à aucune autre oreille que la tienne ; même athée, en cet instant critique, je suis capable de craindre quelques vieux fantômes, cachés dans les penderies, de fourbes traîtres qui pourraient faire pencher la balance de mon jugement dernier en ma défaveur. La corde de la balançoire, patiemment sciée... Qu'est-ce que j'attendais de ce sabotage ? Je voulais les ridiculiser, elle surtout, casser leur joie. Qu'elle se retrouve le cul par terre, qu'il la laisse tomber...

— Cette année-là, mon été aux écuries a débuté par un coup de téléphone : mon père était à l'hôpital. Dans son enthousiasme amoureux, puéril, il s'était mis debout sur la balançoire poussant sur ses jambes, en avant, en arrière, et en avant, et forcément la corde... Il est resté trois mois dans le coma et n'a plus jamais été le même.

Le silence est de plomb. Tu le brises en sirotant bruyamment – tu le fais exprès, je ne suis pas dupe – une gorgée d'un thé de Chine, que tu as toi-même apporté et solennellement préparé. Incongru, ce bruit de succion arrive même à m'arracher un sourire, alors que tu parachèves d'un clin d'œil ton œuvre de diversion. Comme il est devenu léger et complice, je laisse le silence s'attarder un moment entre nous, avant de terminer mon récit :

— Elle ? Elle est restée, elle est toujours là d'ailleurs, c'était une histoire d'amour vrai entre eux. Quant à moi, c'est comme si j'avais lancé un boomerang en orbite autour de la terre. Que me restait-il dès lors ? Une vie en état d'urgence où chaque seconde était un sursis, car, forcément, le boomerang finirait par revenir me faucher. Et il est venu, le jour où je galopais devant ta maison, il m'a volé mes jambes

Tu me tends une tasse de thé que j'accepte sans y toucher, le regard dans le vague, fixé sur l'antique horloge à balancier où les minutes défilent au pas cadencé, grignotant peu à peu la fin de cette journée d'été. En bas, le calme s'est installé dans les écuries, ne nous parviennent plus que les bruits sourds des chevaux dans leurs boxes. Alors que la pénombre envahit la pièce, tu fais mine de te lever, avant de te rasseoir pour me lancer sur un ton faussement désinvolte :

— Tu sais, à propos de ce que je te racontais tout à l'heure, la sphère dans la forêt, je crois aux signes. Le 8 août, il va se passer quelque chose. Et même si c'est dévastateur, il en sortira aussi de la joie, sublimée. Certains mourront, mais, pour d'autres, ce sera comme un antidote.

C'est toi qui me raccompagnes à la porte, poussant mon fauteuil roulant – ou peut-être ne fais-tu qu'y prendre appui ? Cette journée a ravivé l'ombre qui m'accompagne, elle semble sur le point de me dévorer, mais je n'ai plus peur.

Lorsque arrive le 8 août, j'ai bien sûr oublié ta prophétie. Tout me reviendra beaucoup plus tard, en regardant les images du drame à la télévision, avec la date du jour figée au-dessous des digues qui se rompent – je dis bien « les », car une cinquantaine de ces ouvrages cédèrent en même temps dans le monde, comme un signe de trop-plein d'une époque révolue qu'il fallait lessiver à grandes eaux. Ce jour-là, au réveil, je reconnais autour de moi ce curieux silence qui précède les coups de théâtre, une oscillation de l'air qui va s'amplifiant et pourrait atteindre sa fréquence de résonance, tordre l'acier. Avant même les premiers signes extérieurs de la catastrophe, les chevaux semblent nerveux et les cris des palefreniers fusent bientôt dans la cour. J'hésite quelques instants avant de descendre. Les écuries représentent pour moi un territoire interdit. Depuis l'accident, jamais je n'y suis retournée. Mais le grondement des tonnes d'eau qui déferlent sur le village se fait déjà entendre au loin, les chevaux comme les hommes obéissent à leur instinct, ils fuient ! Quand j'entre dans les écuries, c'est le chaos, je manque me faire renverser par des animaux fous de terreur, ruant de toutes leurs forces dans les portes, faisant sauter les verrous. Clouée à mon fauteuil, je suis obligée de me terrer dans un coin pour laisser passer la horde des chevaux rendus à leur nature sauvage. Envahie d'un soubresaut soudain, la mascotte des écuries – un vieil âne qui répond au nom de Napoléon – se décide à les suivre, juste au moment où je sors de ma cachette. Volée de coups de sabot involontaires, je chancelle, le choc brise net le hurlement qui était sur le point de jaillir de mes entrailles et je m'évanouis. Quand je rouvre les yeux et le vois, il ne s'est probablement écoulé que quelques minutes. Il ne reste que lui, le mélomane, au milieu de la cour. Le destin a choisi son camp, les palefreniers avaient autre chose à penser qu'à éteindre la radio avant de s'enfuir, ils m'ont même oubliée moi, l'estropiée qui se tapit depuis des années au-dessus des écuries, le mauvais présage. Le son du piano s'élève, en une lente marche noire, et retient captive la bête immobile, lui arrachant des frissons. J'hésite à le délivrer, c'est l'ultime moment pour le pardon, ma dernière chance. Mais la radio est inatteignable en fauteuil, le sol étant jonché de planches, mais aussi de selles, de licols et de brides, de tout ce dont les chevaux ont dû se défaire pour conquérir leur liberté. Le pardon m'est refusé, comme tout le reste. Je regarde mon Holsteiner, aussi beau qu'énigmatique, les yeux fermés, les naseaux levés au vent comme s'il humait la musique. Prise d'une folle impulsion, je m'accroche à son encolure, agrippe fermement sa crinière entre mes doigts et, de toutes mes forces, je projette mes jambes inertes sur son dos. J'y parviens sans y croire, dès ma première tentative. Alors que je contemple ma chaise roulante restée à terre, plus rien ne vient briser mon hurlement de joie. De là-haut, toutes mes guerres, je les gagne ; détachée de mon fauteuil, libre et légère, tant qu'un cheval porte sur son dos le fardeau de mon corps infirme. Pourtant, c'est alors que la lutte commence. De mes poings fermés, je bats les flancs du mélomane pour essayer de le faire avancer, je lui murmure mes plus beaux mots d'amour et lui crie les pires insanités, je le caresse dans tous les sens du poil. Rien, il ne bronche pas. Alors que le désespoir m'envahit, un pan de mur abîmé s'effondre sur la radio en emportant la mélodie du piano dans le dernier grésillement, l'ultime râle du haut-parleur. Soudain libéré, le mélomane se retourne pour fuir au grand galop m'emportant loin de ces flots, qui charrient la dépouille des noyés et s'apprêtent à s'abattre sur nous ; ce qui reste d'un monde qui s'achève est fait pour les sabots d'un cheval, c'est un chemin de boue et de débris.

Je vois s'approcher ta maison, de loin. Elle n'en finit pas de grossir à l'horizon, tandis que mon cœur s'arrête à l'idée que tu as forcément choisi de rester à ton piano. Il a été ta naissance et sera ta tombe. Je sais que, bientôt, la musique s'échappera du tumulte pour me couper net dans mon élan, me faucher une nouvelle fois au moment où les fers frapperont les cailloux qui jalonnent l'allée cavalière. Un, deux, trois ; temps de suspension, interminable point d'orgue. Je me penche en avant, le nez dans l'abondante crinière du mélomane, pour y vivre mes derniers instants de bonheur. À chaque temps du galop, au terme de chaque foulée, je m'attends à la douleur comme à une inexorable issue. Ce n'est que lorsque j'entre dans la forêt, à plusieurs centaines de mètres de la pièce où trône ton piano, que je comprends que je suis sauvée. L'euphorie me gagne alors que je prends conscience que tu es certainement vivante, toi aussi. Si tu avais été dans ton salon, au seuil de la mort, tu aurais inévitablement été prise en flagrant délit de vagabondage sur les quatre-vingt-huit fréquences musicales de ton Steinway, pour une dernière danse, folâtre, entre toi et le grand amour de ta vie.

Pourtant, peu de temps après, tes doigts s'enfoncent dans les touches meubles du piano. Le bois, imbibé par les premières vagues du raz-de-marée, gonfle déjà. À tes côtés surnage une photo, tu l'as prise juste avant de fermer ta porte à clé, de l'intérieur. Tu as clos ta vie, un sourire aux lèvres, sur l'image d'un Holsteiner lancé au grand galop devant ta maison. Patiemment, tu avais attendu que je passe pour t'installer sur ton petit tabouret, recouvert de velours noir. À présent, les cordes luttent ; des larmes de boue giclent à chaque note, alors que tu joues, et joues encore, sans même te rendre compte que tu ne peux plus arracher le moindre son à ton piano qui se noie

Le Buveur de vent

Françoise Bourdin

Il s'appelait Taïtapi, c'était un alezan magnifique, un vrai buveur de vent. Sur la toile de fond de ma mémoire, parmi tous les chevaux qui ont laissé leur trace, celui-ci galope encore sans toucher terre, dans son temps de suspension.

J'avais quinze ans et je faisais l'école buissonnière, séchant les cours du lycée au profit des pistes d'entraînement. Le premier métro, le premier train pour Maisons-Laffitte, puis la longue traversée solitaire du parc dans la nuit car il fallait arriver à l'écurie juste avant le lever du jour.

Ah, ces aubes exaltantes que j'ai vécues ! Leur souvenir est incroyablement vif, avec ses couleurs, ses bruits et ses odeurs. Un éclairage un peu chiche baignait la cour d'une lueur jaune que le petit matin délayait. Les portes des boxes étaient ouvertes, chaque apprenti sellait son cheval. On entendait des sabots nerveux gratter la paille jusqu'à racler le ciment. L'acier des mors tintait, un lad jurait, une jument en chaleur renâclait. L'atmosphère d'une écurie de courses ne ressemble pas à celle d'un club hippique. Le pur-sang est traité comme un seigneur, du moins tant qu'il est susceptible de gagner de l'argent. L'ordre et la propreté sont de rigueur autour de lui, sa santé est étroitement surveillée, son entraînement est contrôlé et minuté comme celui d'un grand sportif. Il voyage dans un camion pullman, protégé de la tête à la queue. Tous les soins qu'on lui dispense pourraient presque faire croire qu'on l'aime, mais, bien sûr, il n'en est rien, il faut seulement qu'il gagne. Sinon…

À quinze ans, ces notions de gain m'échappaient totalement. J'avais la chance inouïe d'être *admise* dans la prestigieuse écurie Noël Pelat. Je montais bien à cheval, j'étais plutôt téméraire, je pouvais donc *rendre service*. C'était très inhabituel, à l'époque il n'y avait que deux ou trois femmes sur les pistes de Maisons-Laffitte, et elles appartenaient au milieu hippique. Je me sentais un peu comme un ovni dans ce monde professionnel, essentiellement masculin et assez misogyne. Mais enfin, on pouvait me confier un cheval, je tenais dessus, et pendant ce temps-là son lad faisait autre chose. Je représentais une sorte de main-d'œuvre bénévole et je me suis vite fondue dans le paysage en portant les mêmes casquettes – le casque ne fut imposé que plus tard –, les mêmes blousons et les mêmes *breeches*. J'ignorais les quolibets les jours de chute, j'appris même à apostropher ceux qui rentraient à pied, leur cravache fouettant l'air rageusement.

Au début, pour me tester, j'eus droit au « hack », un paisible cheval à la retraite qui sert à calmer le groupe. Ayant fait mes preuves, on me confia d'abord les moins bouillants des pensionnaires de l'écurie, puis n'importe lequel d'entre eux. Sur le tableau où étaient inscrits les noms des lads, apprentis jockeys ou jockeys vedettes de la maison, l'entraîneur utilisait des étiquettes pour répartir les montures chaque matin. Les étiquettes accrochées face à une case blanche m'étaient destinées. Je me souviens parmi bien d'autres de la belle Riska, de Perle des Près que j'adorais, de Polixo qui venait de gagner un tiercé à Auteuil. Et un jour, il y eut Taïtapi.

J'avais déjà dû l'apercevoir au milieu de ce premier lot qui sortait à l'aube, mais j'étais toujours assez concentrée sur le cheval que je montais, désireuse de bien faire, et je ne regardais pas beaucoup les autres. De toute façon, ils étaient tous beaux comme seuls les pur-sang peuvent l'être, mais lui, il ressemblait à une gravure et il était sublime. Petite tête intelligente aux naseaux bien ouverts, rein court, membres fins soulignés de quatre balzanes semblables à de hautes chaussettes blanches, robe d'or liquide, croupe ronde, crinière soyeuse. Et puis ce nom, Taïtapi, qui sonnait comme un cri de ralliement ! Jamais, ni avant ni depuis, je n'ai éprouvé autant de fierté que sur ce cheval.

Pour comble, il était doué, il venait de remporter une course assez importante et son entraîneur l'« affûtait » pour la suivante. On me faisait donc un grand honneur en me le confiant. J'avais monté jusque-là de nombreux canters ou demi-train, mais mon premier travail sur Taïtapi fut un botte-à-botte en train de course. Cet exercice au nom imagé consiste à entrer au pas perpendiculairement à la piste l'un derrière l'autre (en général trois ou quatre cavaliers) puis à mettre en même temps les chevaux face à la longue allée de deux mille cinq cents mètres et démarrer bien serrés les uns contre les autres pour que se produise l'émulation, l'envie de dépasser son voisin. Les premières foulées évoquent le démarrage d'un dragster ! Les sabots martèlent, la terre gicle, les étriers s'entrechoquent, puis soudain le rythme change, le cheval paraît s'abaisser, sa foulée s'allonge et la véritable lutte s'engage.

Au passage devant l'entraîneur – qui regardait approcher ses chevaux avec des jumelles pour noter le moindre détail –, Taïtapi avait déjà une encolure d'avance, et, au bout de la piste, il s'était carrément détaché de ses rivaux. Nous n'étions qu'à l'entraînement, mais ce matin-là j'ai eu l'impression de gagner le prix du Jockey Club...

Quelques jours plus tard, après avoir couru l'épreuve pour laquelle il était préparé, il a eu un problème de tendon. On appelle ça la « banane », entre le sabot et le genou, l'arrière de l'antérieur semble arqué. Taïtapi a donc reçu le traitement habituel, des pointes de feu, des emplâtres, et il est parti se reposer tout l'hiver dans un haras de Normandie.

Quand il est revenu à l'écurie, il avait bien profité de son séjour au pré ! Empâté par l'herbe grasse des pâturages, il avait au moins cinquante kilos à perdre pour retrouver la forme d'un cheval de course. Dans ce but, il fut mis sérieusement au travail, et son destin se joua durant les semaines suivantes. Le faire galoper vite ou longtemps le faisait certes maigrir, mais son tendon recommençait à fléchir. Des exercices moins intenses permettaient au tendon de se rétablir, mais il restait trop gros, trop lourd. Issu d'une lignée prestigieuse de cracks, pour son malheur, il était castré et n'avait pas la possibilité de poursuivre sa carrière en tant qu'étalon. Assez vite, car la pension d'un cheval de course coûte une fortune, son sort fut scellé.

Dans ces années-là, l'équitation était un sport moins démocratisé qu'aujourd'hui et il y avait peu de clubs hippiques. En particulier à Maisons-Laffitte, où la quasi-totalité des écuries entraînaient des pur-sang destinés aux courses du PMU. La reconversion de Taïtapi n'aurait été envisageable qu'en se creusant la tête et en prenant son temps, ce qui était évidemment hors de question. Sans états d'âme, son propriétaire fit le choix de s'en débarrasser en l'envoyant à l'abattoir.

Comment exprimer ce que j'ai ressenti devant son box vide quand les lads m'ont appris, d'un ton assez indifférent, ce qu'il était advenu du sublime alezan ? Comment, à quinze ans, pouvais-je accepter l'idée qu'après l'avoir *tué* on allait le *manger* ? Cette histoire m'a marquée bien plus qu'un accident – et j'en ai subi quelques-uns, comme n'importe quel cavalier. Taïtapi était un très, vraiment très beau cheval. Plus rare encore, pour un pur-sang à l'entraînement, il était gentil, facile à monter, et il avait du cœur. Mais tout cela n'a pas suffi à lui éviter une fin aussi cruelle. Dans ma candeur de gamine, ce jour-là j'en ai voulu à tout le monde, abasourdie de découvrir la dureté d'un milieu régi par le profit. Mais je n'étais pas chez les Bisounours, pas non plus dans un poney club, il n'y avait pas de place pour les sentiments, pour une sensiblerie *superflue*. Et, hélas, on voyait encore, à l'époque, nombre de boucheries chevalines et d'amateurs de cette viande.

Pendant deux ou trois ans, j'ai continué à monter des chevaux de course. Je n'avais pas le pouvoir de changer la moindre chose à ce monde-là mais je ne me résignais pas à abandonner ces vertiges de l'aube. Un vrai galop sur le sable des pistes ou sur l'herbe d'un hippodrome au petit matin est quelque chose d'unique. La sensation de vitesse et de puissance ne peut être comparée à rien d'autre. Couchée sur l'encolure, accompagnant la foulée, avec le vent qui sifflait aux oreilles et couvrait le martèlement des sabots, j'ai vécu des instants de grâce qui justifient l'expression « hors du temps ».

Puis je suis allée vers d'autres horizons équestres, où le cheval n'était pas uniquement destiné à rapporter de l'argent, où il était considéré comme un animal domestique, et parfois comme un ami.

Je ne savais pas que Taïtapi était demeuré un souvenir aussi vivace, et qu'à l'évoquer je le reverrais avec autant d'acuité. Il est dans mon panthéon des chevaux. C'est lui qui m'a obligée à accepter le monde tel qu'il est et non pas tel que j'aurais voulu qu'il soit. Sans doute m'a-t-il fait mûrir et a-t-il développé mon respect pour les animaux. Et sans doute est-ce grâce à lui que, par la suite, tout au long de ma vie, quand j'ai eu la responsabilité d'un cheval ou d'un chien, jamais je ne l'ai laissé au bord de la route quoi qu'il ait pu m'en coûter.

Pour écrire à propos des chevaux, nul besoin d'imagination car je n'ai qu'à puiser dans d'innombrables souvenirs. Comme Hautain, *l'histoire de Taïtapi est véridique. Et peut-être qu'à quarante-cinq ans de distance l'un, toujours heureux dans son pré, doit finalement la vie à l'autre.*

Table

Vous avez aimé ce livre ?
Partagez vos impressions sur la page Facebook de Françoise Bourdin : http://www.facebook.com/Francoise.Bourdin.Officielle

Vous souhaitez recevoir la newsletter de Françoise Bourdin ?
Rendez vous sur son site
www.francoise-bourdin.com, rubrique « Le Club »

Éditions Belfond,
12, avenue d'Italie,
75013 Paris.

Canada,
Interforum Canada Inc.,
1055, bd René-Lévesque-Est,
Bureau 1100,
Montréal, Québec, H2L 4S5.

ISBN : 978-2-7144-5679-3

Composition et mise en pages : FACOMPO, Lisieux

Cet ouvrage a été imprimé en France par

CPI
FIRMIN-DIDOT

à Mesnil-sur-L'Estrée (Eure)
en janvier 2014

N° d'impression : 121426
Dépôt légal : janvier 2014

[redacted]